팬데믹

여섯 개의 세계

SF 앤솔러지

팬데믹
여섯 개의 세계

초판 1쇄 발행 2020년 9월 21일
초판 3쇄 발행 2020년 10월 5일

지은이 김초엽 듀나 정소연 김이환 배명훈 이종산
펴낸이 이광호
주간 이근혜
편집 최지인 이민희 조은혜 박선우
펴낸곳 ㈜문학과지성사
등록번호 제1993-000098호
주소 04034 서울 마포구 잔다리로7길 18(서교동 377-20)
전화 02) 338-7224
팩스 02) 323-4180(편집) / 02) 338-7221(영업)
전자우편 moonji@moonji.com
홈페이지 www.moonji.com

ⓒ 김초엽, 듀나, 정소연, 김이환, 배명훈, 이종산, 2020. Printed in Seoul, Korea
ISBN 978-89-320-3771-4 03810

이 도서의 국립중앙도서관 출판예정도서목록(CIP)은 서지정보유통지원시스템
홈페이지(http://seoji.nl.go.kr)와 국가자료공동목록시스템(http://www.nl.go.kr/kolisnet)에서 이
용하실 수 있습니다. (CIP제어번호: CIP2020038606)

pandemic

SF 앤솔러지

김초엽

듀나

정소연

김이환

배명훈

이종산

팬데믹
여섯 개의 세계

문학과지성사

차례

Apocalypse

끝과 시작

Contagion

전염의 충격

New Normal

다시 만난 세계

Apocalypse

끝과 시작

최후의 라이오니

김초엽

나는 혼자 이곳에 왔고, 그게 잘못된 판단이었음을 깨닫고 있다. 루지가 함께 가주겠다고 했을 때 그러자고 대답해야 했는데. 용기와 대담함도, 생존 능력도, 위기 상황에 대한 지식도 부족한 주제에, 대체 왜 혼자 오겠다고 우겼던 걸까. 물론 나는 내가 그랬던 이유를 알고 있다. 나는 나 자신에게, 그리고 동료와 선배 들에게 무언가를 증명하고 싶었다. 나 역시 로몬으로서 멸망의 현장을 마주할 수 있다고, 그렇게 심약하기만 한 개체는 아니라고. 시스템이 오직 나에게만 지정해 의뢰한 이 미지의 장소를 무사히 탐색하고 돌아가겠다고. 그러나 고작 그런 자기 증명을 목적으로 오기에 이곳은 너무 위험한 장소였다.

지난 사흘간 네 번의 죽을 위기를 넘겼다. 이유를 알 수 없을 정도로 많은 함정이 설치되어 있었다. 담대한 다른 로몬들과는 달리 나는 그때마다 공포에 질려 주저앉

앉고, 시체가 되어 벌레에게 파먹히는 나의 최후를 구체적으로 상상했으며, 출구로 뛰쳐나가고 싶어 안달이 났다. 불행히도 이곳의 구조는 미로처럼 꼬여 있어 나는 길을 잃었다. 최선을 다해 출구를 찾고 있지만, 어쩐지 그 노력은 나를 더욱 깊은 곳으로 밀어 넣고 있다. 어제까지는 인정하지 않았지만, 오늘 내가 다섯번째로 같은 복도를 지나가고 있다는 것을 깨달았다. 내가 기록한 지도는 엉망이었다. 그것이 지도 기록에서 음성 기록으로 일지 형식을 바꾼 이유이다.

만약 내가 트랩에 걸려 사망하거나 혹은 실종되어 행방을 알 수 없게 되면, 이 기록은 일차적으로 나의 친구 루지에게 먼저 전송될 것이다. 그 사실을 떠올리니 루지에게 고마움과 사과의 말을 전하고 싶다. 그래, 루지. 네가 옳았어. 다음에는 네 말을 들을게. 다음이라는 게 있다면 말이지.

그럼 다시 기록을 시작하겠다.

오늘은 3420ED 거주구 탐사 나흘째. 3420ED는 지독하게도 넓고, 규모에 어울리지 않게 고요한 곳이다. 정작 밟을 사람은 없는 수많은 함정과 지뢰, 플라즈마 보안 시스템을 제외하고는 말이다. 거주구 내부에는 문명의 흔적이라고 할 만한 것이 그다지 남아 있지 않다. 한때는 아주 번성했던 문명으로 추정되는데도, 누군가가 의도적으로 그들의 존재를 지워버린 것 같다. 그게 누구인지, 지워버린 이유는 무엇인지, 이곳을 마지막으로 점령하던 이들

12

은 어디로 간 것인지, 지금으로서는 막연한 단서조차 보이지 않는다.

이 기묘한 장소에 관한 정보를 접한 것은 두 달 전이었다. 로몬들 사이의 소문이라면 무엇이든 알고 있는 루지가 내게 먼저 전해주었다. 먼 행성계에서 발견된 의문의 우주 거주구에 관해. 인근 지역을 지나던 광역 탐사선이 처음으로 이곳의 발견을 알렸는데, 외견상 최소 1천 년 이상 지난 인공 구조물로 추정되며, 현재의 기술 수준에 뒤처지지 않을 만큼 뛰어난 기술 문명을 보유했던 것으로 보인다는 이야기였다.

학자들은 이곳을 3420ED라고 명명했다. 거주 가능한 행성이 전혀 없는 행성계의 세번째 궤도에 홀로 떠 있던 3420ED의 존재는 많은 이의 관심을 끌었다. 이렇게 큰 규모의 거주구가 고립 상태를 유지하다가 멸망 이후에 별안간 모습을 드러냈다는 것이 음모론자와 역사학자들의 호기심을 자극하는 구석이 있었으니까. 어떤 대담한 연구진은 위험을 무릅쓰고 연구 허가를 받아냈다가, 거주구에 도킹하기 직전에 선함을 돌려 도망쳤다는 소문이 돌았다. 그들은 이 거주구가 변이 외계 곤충으로 우글거리는 곳이라고 주장했지만 아무도 믿지 않았다. 물론 실제로 이곳을 탐사 중인 나의 견해에 따르면, 이곳은 변이 곤충은커녕, 한때 생명체였던 유기물이 한 줌이라도 발견될지 의심스러운 장소이다.

3420ED에 모였던 관심은 금방 흩어졌다. 아마도 로

몬의 기준으로 판별해보면, 이곳이 여러 소문을 만드는 장소이기는 했으나 소문은 단지 소문일 때 더 흥미로운 법이고, 실제로는 특별한 희소자원이나 정보 의뢰가 없어 탐색하거나 관측할 필요가 없는 '가치 없는 멸망'의 장소이기 때문일 것이다.

친구들은 이곳에 오겠다는 나를 말렸다. 이곳은 탐사할 가치가 없고, 분진을 통한 정화 작업조차 아직 되지 않아 위험 요소만 가득한 곳이라고 말했다. 로몬들은 은하계의 어느 종족보다도 위험을 즐기는 부류이지만 그들의 위험 감수는 철저히 계산적이다. 단지 위험하기만 한, 위험을 대가로 얻어낼 만한 것이 없는 곳에 로몬들은 잠깐의 시선조차 두지 않는다.

어쩌면 친구들의 말이 옳았던 것 같다. 나흘간 쉬지 않고 걸었지만 아무런 의미 있는 단서를 찾지 못했다. 여기서 무언가를 발견할 수 있으리라고 생각했던 내가 한심하다.

*

날짜는 분명하지 않다. 나는 공격당해 의식을 잃었고, 어제 깨어났다. 아마도 사흘, 혹은 그 이상의 시간이 흘렀다. 패널 시계가 제대로 작동하지 않는다.

기계들에게 붙잡혔다. 거주지가 텅 비어 있고 남아 있는 함정들은 단지 오래전 멸망한 인간들이 설치한 흔적일 뿐이라고 생각했던 나의 판단이 틀렸다. 이번에도 잘못된 판단이라니. 나의 기록은 죄다 이런 식이다. '오판이었다' '실수였다'……

기계들은 거주지의 특정 구역에 그들만의 소박한 문명을 구축하고 있었다. 추측해보자면, 이곳에 살던 인간들은 감염병으로 모두 사망했다. 그것도 아주 오래전에. 그렇지만 기계들은 감염되지 않았고, 살아남아 그들의 세계를 세웠다. 기계들은 거주지 전체를 점령하지는 않은 듯하다. 아마도 인간들이 설치해둔 함정을 제거하지 못했거나, 이 넓은 공간 전체를 필요로 하지 않았기 때문일 것이다.

기계 혁명이 일어났을 가능성에 대해서도 생각해보았다. 이곳 거주구가 감염병으로 멸망했다는 최초 보고 자체가 잘못된 것일 수도 있다. 기계 혁명으로 망한 거주구에서 두 번쯤 회수 작업을 수행한 적이 있는데, 이곳과 비슷한 분위기였다. 기계들은 통로에 걸리적거리는 부패 유기물이 남아 있는 것을 좋아하지 않는다. 그래서 기계들이 지배하는 거주구에서는 흩어져 있는 사체를 발견하기가 어렵다. 하지만 판단을 내리기에는 정보가 부족하다. 이곳의 기계들은 반란을 일으킬 만큼 '충분히' 공격적이지 않다. 그것들은 나를 붙잡아서 밀폐된 방에 가두어두었지만, 나를 그 이상으로 공격하거나 학대하지는 않는다. 심지어 이 방은 대기의 질이 인체에 적합하게 유지되고 있어서 헬멧을 벗고도 편하게 숨을 쉴 수 있다. 기계들은 나를 죽일 생각이 없는 것 같다. 또는 죽일 생각이 '아직' 없는 것이거나. 그들이 내게 가하는 학대는 고작해야, 목이 마르다고 호소하면 썩은 달걀 맛이 나는 물을 건네주는 수준에 불과하다.

셀. 나를 붙잡은 그 기계는 자신이 셀이라고 말했다. 기계들의 리더 같았다. 기계들의 대화로 추정하자면 그가 이 거주구의 전체 시스템을 맡은 존재 같다. 셀은 시각을 잃은 로봇인데, 정확히는 광학 신호 입력기를 잃은 기계다. 아마 대체할 부품을 찾지 못했을 것이다. 기계들은 인간에 비해 신체 부위를 교체하기 쉽다는 장점이 있는데, 이렇게 고립된 거주구에서는 그런 장점도 아무 소용이 없는 셈이다. 셀의 본체 금속 표면에는 매우 유려하고 세심한 음각 장식이 새겨져 있어 한때 그가 기계로서 가졌을 위상을 짐작할 수 있다. 그러나 지금 셀은 온몸에 엉뚱한 부품들을 덧붙였고, 고물상에서나 발견될 법한 우스꽝스러운 모습을 하고 있다. 기계 키메라가 된 셀은 비틀거리며 움직인다. 앞을 보지 못해서인지 자주 멈추며 부자연스럽게 미끄러진다. 무언가에 부딪힐 때마다 요란한 소리가 난다.

셀은 나에게 말한다. 어제도, 그리고 오늘도.

"라이오니. 넌 라이오니다."

셀이 나를 처음 마주쳤을 때 한 말도 비슷했다. "라이오니, 드디어 돌아왔구나." 내가 이곳을 조사하기 위해 찾아온 로몬이라고 말하자, 기계들은 나를 가두었다.

라이오니는 이 거주지의 멸망과 긴밀히 연관된 존재인 것으로 추정된다. 기계들은 혹시 내가 이곳의 멸망을 초래했다고 믿고 있는 것일까. 그렇다면 도대체 왜 그런 결론에 도달한 걸까. 기계들은 나에게 아주 오래된 듯한 끔찍한 통조림을 가져다주고, 나는 그들에게 말을 걸었다가 괜한 충돌을 빚을까 봐 얌전히 음식을 입에 넣는다. 두려워서 되도록 대화를 시도하지 않는다. 가끔은 용기를 내어 "이봐. 난 라이오니가 아니야. 날 밖으로 보내줘"라고 말해보지만, 감정을 읽을 수 없는 기계들의 시선만이 물끄러미 나를 향할 뿐이다.

내 생각에는, 셀이라는 그 미쳐버린 리더 외의 다른 기계들은 내가 라이오니가 아니라는 사실을 이미 아는 것 같다. 하지만 그렇다면, 다른 기계들이 왜 나를 풀어주지 않는가 하는 의문이 남는다. 그들이 나에게 무엇을 원하는지 알 수 없다는 사실이 나를 더욱 심란하게 한다.

*

—요구 사항이 뭐지?

—터널 너머로 우리를 안전하게 데려가주기를 원한다. 그리고 네가 가는 곳으로 우리도 따라가기를 원한다. 그것이 네가 우리에게 약속한 바였다. 너는 우리의 주인이다. 왜 기억하지 못하는가?

—너희가 원하는 것이 이 행성계에서의 탈출이라면 얼마든지 가능해. 저 밖에 터널 드라이브가 가능한 내 회수선이 있으니

까, 그걸로 너희를 데려가줄게. 하지만 난 너희의 주인이 아냐. 이건 확실해.

　—너는 라이오니다. 나도 확신한다. 너는 우리를 데려갈 방법을 안다.

　—나는 라이오니가 아니야. 제발, 다시 잘 생각해봐.

　—너는 라이오니다. 우리를 구출하기 위해서 돌아왔다.

　셀과의 대화를 녹음했다. 대화를 열 번도 넘게 재생했지만, 여전히 셀이 왜 나를 라이오니라고 굳게 믿고 있는지 모르겠다. 나에게 원하는 것이 정확히 무엇인지도. 셀은 내가 라이오니가 아닐 가능성 자체를 받아들이지 못한다. 모든 것이 잘못되었고, 셀의 망가진 논리 회로를 고칠 방법은 없다는 생각이 든다.

　라이오니가 누구인지 몰라도, 지금은 그가 무척 원망스럽다. 기계들의 말을 종합해보면 한때 기계들의 주인이었던 라이오니는 저 기계들과 달리 인간이었다. 셀이 저렇게 확신하는 것을 보면 아마 나와 닮은 구석이 있을지도 모르지만, 광학 입력기가 없는 셀이 나의 무엇을 보고 그렇게 판단하는지는 의문이다.

　그냥 내가 진짜 라이오니인 척해볼까 싶었지만, 라이오니에 대한 그 이상의 정보가 없는 나로서는 도대체 무슨 이야기를 해야 할지 모르겠다. '나는 라이오니이고, 너희를 회수선에 태우러 왔어.' 그렇게 말하면 기계들이 내 말을 믿을까?

셸은 나의 기억이 돌아오기를 기다리는 것 같다. 이 방에 며칠이고 가둬놓으면 언젠가는 기억이 돌아올 것이라고 믿는 듯하다. 하지만 그럴 일은 없을 것이다. 이 거주구가 맞이했던 '멸망'이 정말로 수백 년 전이라면…… 라이오니는 이미 오래전에 죽었다. 기계와 달리, 인간은 그렇게 오래 살지 못하니까. 그 사실을 어떻게 저 기계들에게 설득할 수 있을지, 고민해보지만 좀처럼 방안이 떠오르지 않는다.

*

며칠이 흘렀고, 나는 여전히 미심쩍은 배양 수조들이 가득한 실험실에 갇혀 있다. 기계들이 가져다주는 통조림은 매일 다르게 끔찍한 맛을 낸다.

두려움과 공포, 그리고 다소간의 지루함에 몸서리치며 개인 디바이스에 기록된 과거의 기록들을 뒤져보다가, 이런 글을 발견했다. 내가 제대로 된 임무라고는 하나도 수행하지 못하는 형편없는 회수인이었던 시절, 생계를 위해 네트워크에 여러 글을 기고했던 적이 있는데 아마도 그때 쓴 글로 추정된다.

우주에는 두 종류의 멸망이 있다. 가치 있는 멸망과 가치 없는 멸망. 인류가 행성과 행성, 별과 별 사이로 널리 퍼져나가 번영한 이후 우주 곳곳에서는 매일 어떤 거주지가 죽음을 맞이하는 동시에 또 새로운 거주지가 탄생한다. 멸망의 규모는 작게는 한 사람 혹은 한 가족이 거주하는 소규모 거주선에서부터 크게는 행성계 전체를 집어삼키는 경우도 있다. 그렇게 수많은 멸망이 남긴 폐허를 뒤적이다 보면, 죽음은 모두 같은 죽음이고 그 앞에서 우주의 모든 생명체는 동등하게 무력해진다는 생각을 하게 될지도 모른다. 하지만 실제로는 그렇지 않다. 어떤 멸망은 다른 멸망보다 더 가치 있다. 적어도 우리 로몬에게는 그렇다.

우리는 멸망의 현장으로 떠난다. 우리는 본능적으로 죽음의 냄새에 이끌린다. 로몬들은 유능한 유품 정리사이자, 유용한 자원을 놓치지 않는 하이에나이며, 멸망의 단서를 탐색하는 일급 수사관이다. 행성 하나의 생태계가 삶과 죽음의 순환 위에 세워져 있듯이 죽음의 순환을 우주 전체로 확대해보면 멸망의 가치가 드러난다. 어떤 죽음은 다른 삶을 지탱하는 것이다. 우리는 멸망한 폐허에서 생의 온기가 남은 자원과 정보를 회수하여 우주의 다른 공간으로 그것들을 보낸다. 우리 로몬이 대부분 거대한 회수선을 능숙하게 다루며 복잡한 회수 장비들에 익숙한 것, 터널 드라이브에 잘 견디는 신체를 가진 것을 두고 다른 종족들은 우리를 유능하다 하지만, 그에 앞서 로몬들은 태생적인 회수인이다. 로몬들은 날 때부터 죽음과 고통에 대한 두려움이 거의 없으며, 성장 과정에서도 참혹한 현실을 있는 그대로 마주하는 강인함을 지니도록 훈련받는다. 행성 생태계에서 미생물들이 죽음을 다시 삶의 원료로 되돌리듯이 우리는 전 우주적 규모에서 순환의 매개체를 자처하며, 이러한 삶의 방식에 자부심을 가진다. 우리는 타인의 죽음에 기생하여 살아가지만, 그것은 우주의 모든 삶에 적용되는 것이다.

20

여기에는 지금의 내가 동의할 수 없는 표현들이 보인다. '우리 로몬'이라는 표현부터가 그렇다. 나는 나의 종족, 로몬들에게 소속감을 느끼지 않는다. 아마도 이 글을 쓴 시기는 내가 로몬으로 받아들여지기 위해 애를 쓰던, 평범한 로몬이 아닌 스스로를 인정할 수 없어 고통스러워하던 때였을 것이다. 그 시절이 떠오를 때면 의식적으로 회상을 중단한다. 너무나 괴롭기 때문이다. 하지만 이곳에서는 오직 생각 외에는 허용된 행동이 없기에, 나는 과거에 대해 생각하기를 멈출 수 없다.

내가 심약한 로몬이라는 것은 어릴 적부터 이모들의 걱정거리였다. 친구들이 열 살 무렵부터 멸망한 거주구들로 회수 작업을 보조하러 가고, 종말 시뮬레이션을 체험하고, 서로 가장 특이한 형태의 해골을 발굴해 오는 경쟁을 벌일 때 나는 방에 틀어박혀 내가 내일 죽을 수 있는 수백 가지의 가능성을 생각했다. 멸망을 맞이한 세계를 목격하면, 그 멸망이 나에게도 들이닥치는 순간을 끊임없이 상상했다. 전염병에 걸려 사랑하는 사람과 마지막을 함께하지 못하는 순간을, 천체 충돌로 작별 인사조차 나누지 못하는 끝을, 분진 나노봇에 호흡이 막혀 무릎을 꿇고 쓰러지는 고통을. 그건 이상한 일이었는데, 로몬들이 목격하는 멸망의 현장에는 그런 구체적인 죽음의 순간들이 없기 때문이다. 그런데도 나는 언제나 그곳에 떠도는 죽음의 공기가 나를 집어삼킬지도 모른다고 생각했다. 멸망한 세계의 공기에는 한때 인간이었던 먼지들이 섞여 있으니, 내 들숨에는 죽은 자들이 있었고 그 생각을 떨쳐 버릴 수 없었다.

보편의 인간 종보다 훨씬 담대하고 강인하며 용감하다는 로몬의 일반적인 특성들이 나에게는 해당되지 않는다. 로몬들은 죽음 앞에서 자신이 해야 할 일, 완수할 임무만을 생각한다. 하지만 나는 죽음 앞에서 항상 겁에 질린다. 가끔 나는 마치 다른 무언가로 태어나 로몬으로 잘못 분류된 것 같다. 거울 앞에서 마주하는 내 외견은 나의 동료들과 아주 흡사한데, 그로 인해 잘못된 몸에 마음이 이식된 것 같다는 감각은 더욱 짙어진다.

잘못된 종에 갇혀 있다는 감각. 그것은 내가 평생 느껴온 감각이므로, 어쩌면 내가 이 비좁은 배양실에 갇혀서도 아직 정신을 잃지 않은 유일한 이유일 것이다.

이곳에 오기로 했던 진짜 이유가 떠오른다. 3420ED로 오는 허가증을 받았을 때, 동료 로몬들은 내가 왜 이런 가치 없는 장소로 떠나는지 궁금해했다. 3420ED에는 심지어 유품을 찾아달라거나 특수한 연구 자료로 쓸 조사를 해달라거나 하는 흔한 의뢰도 없고, 그곳에서 떠나온 후손들조차 보이지 않아 말하자면 이곳은 우주 규모의 무연고 사망을 경험한 셈이었다.

시스템은 나에게 3420ED의 조사를 단독 의뢰했다.

아무에게도 말하지 않았던 그 사실은, 당시의 나에게는 무슨 계시나 운명처럼 느껴졌다. 로몬이자 회수인으로

서의 성장은커녕 회수인 일을 해나갈 수 있을지조차 의심스러운 내게 굳이 의뢰를 맡기는 자들은 없었다. 나는 언제든 수주할 수 있는 단순한 정리 작업, 이를테면 화성 궤도에서 산소 공급 오류로 사망한 4인 가족의 초소형 거주구를 회수해 오는 것과 같은 일을 주로 맡았다. 이미 분진들이 사체를 처리한 이후여서 요청받은 유품들을 쓸어 담기만 하면 되는 비교적 쉬운 일들이었다. 고작 그 정도의 의뢰를 수행하면서도 나는 아직 정리되지 않은 흔적들, 바닥에 말라붙은 핏자국이나 가구 뒤에서 발견된 머리카락을 볼 때마다 겁에 질렸다.

3420ED가 처음으로 의뢰 목록에 떴을 때, 그것은 우선순위 최하위 목록에 있었다. 의뢰인은 익명이었고, 보수는 터무니없이 적었으며, 의뢰 목적도 '단순 내부 조사'로 되어 있을 뿐 정확히 무엇을 조사하라는 것인지는 분명하지 않았다. 그런데 나는 얼마 지나지 않아 그 의뢰가 오직 내 목록에만 뜨는 것임을 알게 되었다. 단독 의뢰를 받아본 적이 없어서 여태 구분하는 법을 몰랐던 것이다.

루지는 대수롭지 않다는 듯 말했다.

— 간혹 특정 의뢰에 적합한 로몬이 있을 때, 시스템이 선별적으로 의뢰를 맡기기도 해. 하지만 네 경우는 아닌 것 같은데. 애초에 3420ED는 위험한 곳으로 알려져 있고, 동시에 회수할 가치는 없어서 아무도 가지 않는 장소니까.

나는 그 의뢰를 거절할 수도 있었다. 하지만 그렇게

최후의 라이오니 23

하지 않았다. 그것은 내게 부여된 첫 단독 의뢰였는데, 평균은커녕 바닥에 밟히며 좌절하는 경험을 늘 하다 보면 나를 다독여주는 사소한 말에도 마음이 흔들리게 된다. 내게는 그 단독 의뢰가 그런 의미였던 셈이다. 그것은 타인의 기준으로는 그저 쓸모없는 요청, 무시해버려도 상관없는 한 줄의 의뢰였지만, 나는 그것이 내 가치를 비로소 증명할 때가 되었다는 시스템의 조언이라고 생각했다. '너도 쓸모 있는 로몬이야. 그걸 증명해봐'라고 말하는.

지금은 그게 아니라는 사실을 안다. 그건 그냥 시스템의 오류였다. 나의 탄생이 시스템의 복제 오류였던 것처럼.

3420ED에 오게 된 또 다른 이유도 있다. 단독 의뢰를 받을지 고민하던 중에, 예전의 선발 연구진이 네트워크에 업로드한 거주구 외관을 보았을 때의 일이다. 지금까지 수도 없이 목격해왔던 멸망의 장소와 그다지 다를 것 없는 거주구였다. 그런데 그 사진을 보는 순간, 이해할 수 없는 방식으로 나의 마음이 평온해졌다. 죽음이 거기에 있다는 것을 알면서도, 그것이 견딜 수 없을 만큼 두렵지는 않았다. 순간 나는 그것이 나를 제외한 모든 로몬이 평소에 느끼는 감정임을 알았다. 나는 평생 내가 가진 결함의 근원을 찾아 헤맸다. 그리고 3420ED에 오면 결함에 대한 작은 단서를 찾을 수 있을지 모른다고 생각했다.

이 이야기를 동료들에게 하지 않은 이유는, 굳이 비웃음을 사고 싶지 않아서였다. 이런 곳까지 온 이유가 어

24

떤 치밀한 계산이나 손실을 따져 내린 결론이 아니라, 단지 처음 받는 단독 의뢰에 입체 사진을 보고 느낀 '평온함' 때문이라니. 심지어 그 막연한 느낌조차 틀렸다는 사실이 드러났다. 이곳을 헤매면서 나는 몇 번이나 공포에 질렸고, 이제는 마침내 진짜 죽음의 위기에 처했으니까.

그런데도 이해할 수 없는 것은, 나의 생애 중 어느 때보다도 가장 치명적인 위기에 직면한 지금, 내가 생각보다 괜찮다는 사실이다. 물론 나는 두렵다. 기계들이 언제라도 들어와 내 목숨을 끊어버릴 수 있다는 것을 안다. 배양실은 끔찍하리만큼 답답하고 어두우며, 억지로 통조림 음식을 입에 밀어 넣을 때마다 구역질이 나고, 시간 감각도 점차 희미해져간다. 하지만 내가 그동안 다른 장소에서 느꼈던 공포만큼은 아니다. 만약 내가 여기서 죽는다면, 정말 이상한 말이지만, 그 죽음을 그냥 받아들일 수도 있을 것 같다. 도대체 이곳의 무엇이 나를 이렇게 만드는 것일까.

*

오늘은 셀이 찾아오지 않았다. 다른 기계들도 나를 찾아오지 않았다. 방에 남은 통조림을 먹었다. 어제 마시다 남긴 물을 마셨다. 인공조명이 있는 바깥이라면 모를까, 배양 수조 옆에서는 이곳이 낮인지 밤인지 구분할 수 없다. 다행히도 시계가 있어서 시간의 흐름을 파악할 수

최후의 라이오니

있다.

　나는 아무것도 하지 않고 시간이 흘러가는 것을 지켜보았다.

　패널 시간으로 저녁 9B시, 셀이 아닌 다른 기계가 문을 두드렸다. 왜 오늘은 셀이 안 왔냐고 물으니 셀의 상태가 나빠졌다고 한다. 처음에는 그 말을 곧바로 이해하지 못했다. 마치 사람의 건강에 대해 이야기하듯 기계의 몸이 '나빠졌다'고 하다니. 기계는 다시 말했다. 셀이 죽어가고 있다고, 아마도 열흘 안에 작동이 정지될 것이라고, 그렇게 되면 시스템을 유지할 수 있는 유일한 개체가 사라져 이 거주구도 소멸의 길로 들어설 것이라고. 나는 지금까지 기계들이 서로를 수리하는 방법으로 버텨왔다는 것을 알아차렸다. 이제는 그 방법마저 시효를 다한 것이다.

　내게는 잘된 일인지도 모른다. 셀이 죽으면, 저들은 더 이상 나에게 라이오니의 자아를 되찾으라고 강요하지도 않을 테니까.

　기계는 나에게 셀을 수리하는 법을 모르냐고 물었다. 나는 모른다고 대답했다. 대신 회수선을 가지고 기계들을 수리할 수 있는 행성으로 너희를 데려가면 어떻겠냐고 제안했다. 이곳에서 터널을 한 번만 넘으면 인간이 거주 중인 행성계로 갈 수 있다.

　그러나 나의 말에 기계는, 마치 인간들이 하는 것처럼 고개를 저으며 말했다.

　"우리는 터널 드라이브를 할 수 없습니다. 보호 설계

가 되어 있지 않으니까요."

나는 그들이 수백 년 전에 만들어진 낡은 기계들임을 기억해냈다. 그들은 처음부터 이 거주구에서 제조하여 사용한 후 폐기하도록 설계된 기계이고, 그렇기에 그들의 설계도에는 부수적인 비용이 드는 터널 드라이브 보호 장치를 적용하지 않았다. 드라이브를 하게 되면 기계들의 내부 전자 회로가 완전히 망가질 것이다. 그러나 이곳 거주구에서 터널을 넘지 않고 도달할 수 있는 다른 문명은 없다.

셸이 나에게 자신들을 데려가달라고 했던 것이 무슨 의미인지 이제 알았다. 기계들을 물리적으로 회수선에 태워 탈출하는 것은 의미가 없다. 그들의 전자뇌가 파괴될 테니까. 터널을 넘으면 그들은 단지 고철 덩어리에 불과해진다. 기계로서는 완전한 죽음이다.

셸이 라이오니를 기다린 이유도 짐작할 수 있다. 라이오니는 그들을 무사히 터널 밖으로 데려갈 방법을 찾겠다고 약속하며 떠났을 것이다. 그러나 라이오니는 돌아오지 않았다. 방법을 찾지 못했을 수도 있고, 방법을 알지만 애초에 돌아올 마음이 없었을지도 모른다. 어느 쪽이든 라이오니는 약속을 지키지 않았다. 그들은 주인에게 버려진 것이다. 나도 기계들도 그 사실을 안다.

오직 셸만이 그 사실을 모른다. 셸은 여전히 내가 라이오니라고 믿고 있다.

"셸을 보러 갈 겁니까? 현재 컨트롤 센터에 고정되어

있습니다."

굳이 셸을 보러 갈 것이냐고 묻는 걸 보니 기계들이 무언가를 내게 기대하는 듯하다. 그들의 리더에게 마지막 동정심을 보여달라는 뜻일까? 나는 고개를 젓는다. 물론 셸에게 동정심을 느끼지 않는다고는 말할 수 없다. 그렇게 오랜 기다림 끝에 미쳐버린 셸이 가엾고, 기계에게 연민을 갖는 내가 당혹스럽다. 그의 고독과 외로움을 이해할 수 있다.

하지만 나는 라이오니가 아니다. 아무리 죽어가는 기계라고 해도 내가 라이오니를 어설프게 흉내 낸다면 그는 나의 거짓말을 곧장 간파할 것이다. 내가 정말로 라이오니가 아니라는 사실을 알게 되었을 때 그가 나에게 행할 일들이 지금으로서는 두렵다. 셸은 나를 죽일 수 있다. 기계들은 무기를 굳이 내밀어 협박할 필요도 없다. 그들의 전면부 가장 잘 보이는 곳에 나를 향하는 총구가 언제나 위치해 있으니. 무엇보다 나는 셸을 기만하고 싶지 않다.

기계는 나의 거절에 건조하게 응답한다.

"알겠습니다."

드르륵 소리를 내며 문을 나서는 기계의 뒷모습을 바라본다.

하루에도 열몇 번씩 거주구의 중력이 뒤흔들리기 시작한다. 나는 딱딱한 매트에 누워 구역질을 하며 죽음을 생각한다. 말라붙은 수조에 토사물이 쌓인다. 중력장이 뒤집힐 때마다 토사물들이 흩어져 배양실은 엉망이 된다. 이곳에서 나는 아직 살아 있는 유일한 유기물이다. 와장창 깨어지는 소리, 구조물이 파괴되며 만드는 거대한 진동, 비명 같은 사이렌 소리가 얕은 잠이 든 나를 깨운다. 꿈속에서 나는 구출되었다가 깨어나는 순간 다시 멸망의 현장에 와 있다. 멸망이란 이런 것일까. 죽음의 접근은 결코 정적이지 않다. 이곳을 구성하는 모든 물질이 비명을 지르며 고통을 호소하는 것 같다. 내가 목격해온 폐허의 적막과 고요는 어디까지나 살아서 그것을 목격하는 이들의 것이었다. 적어도 죽어가는 이들의 것은 아니었다. 나는 그것을 뒤늦게 깨닫는다.

셸이 죽는 순간, 이 거주구도 완전히 끝을 맞이하게 될 것이다. 나 역시 그 멸망을 피해 갈 수 없으리라는 생각이 든다.

*

거주구의 외부 구조물이 파괴되어 떨어져 나갔다. 천장과 바닥을 뒤흔드는 거대한 진동에 놀라서 한참이나 굳어 있었고, 우르르 물건들이 쏟아져 내리고 진동이 멈춘 후에는 내 심장이 쿵쿵 뛰는 소리만 들렸다. 정신을 차린 다음에는 배양실 문을 마구 두드렸다. 문을 열어준 기계들은 '아직' 내부 구조물이 남아 있으니 안심하라고 말했다.

이제 배양실의 조명은 하루에 한 시간쯤 들어온다. 그 외에는 암흑에 잠겨 있다. 한 시간의 희미한 조명을 받으며 나는 꾸역꾸역 음식을 입에 밀어 넣는다. 하지만 이게 다 무슨 의미가 있을까?

셀은 아직 죽지 않았다.

그때까지 내가 버틸 수 있을지 모르겠다.

죽음에 대한 공포와 평온이 동시에 찾아온다. 그 평온함의 감각은 내가 이곳에 도착한 이후로 계속해서 느껴지지만 여전히 이해하기 어려운, 설명되지 않는 것이다.

*

이틀이 지나고 배양실의 조명이 완전히 꺼져버렸다.

기계들은 자신들이 머무는 창고로 나를 옮겨주었다. 거주구에서 가장 인공 중력장의 영향이 강한 곳이다. 나는 비틀거리며 걷는다. 기계들이 나를 부축해준다. 우스운 꼴이 된 것 같다.

버튼을 누르자 창고 문이 열리고, 나는 눈앞에 펼쳐지는 기계 문명의 초라한 실체를 본다.

천장까지 닿는 철제 선반마다 죽은 기계들이 가득히 쌓여 있다. 창고는 규모가 매우 커서 한쪽 끝에서는 다른 쪽 끝이 보이지 않지만, 그 선반들 대부분을 작동을 멈춘 기계들이 차지하고 있을 것이다. 기계들은 죽은 동료들의 부품을 갈취하여 자신들의 삶을 연장해오고 있었다. 그래서인지 창고 곳곳을 돌아다니는 기계들은 원모습을 알아볼 수 없을 만큼 조악한 형태이다. 죽음에 기생하여 생명을 이어가는 삶의 방식. 내게는 익숙한 풍경이다.

"로몬들이랑 똑같은 짓을 하네."

기계들이 처음으로 나의 말에 호기심을 보인다.

"로몬이 무엇입니까?"

나는 창고에 몇 없는 인간용 의자를 차지하고 앉아 이야기를 시작한다. 강인한 로몬들의 성품에 관해, 평생 우주를 떠도는 운명에 관해, 그리고 회수인이라는 직업에 관해 들려준다. 나는 로몬 동료들과 똑같이 시스템에 의해 복제되어 태어났지만, 나에게는 다른 로몬들과 달리 치명적인 결함이 있다는 이야기도 한다.

"그러니까 이제 내가 라이오니가 아니라는 사실을 알겠지. 난 그냥 로몬족 회수인이야. 여기서 얻어 가려던 건 고작해야 내부 구조물의 사진 몇 장이었어."

"우리는 원래부터 알고 있었습니다."

나에게 매일 통조림을 가져다주던 기계가 말한다. 그럴 줄은 짐작했지만 정말로 그랬다니. 나는 그 기계를 쏘아본다.

"셸을 제외하고는요. 당신이 로몬이라는 종족에 속한 것은 몰랐지만, 외부에서 온 인간이라는 건 알았습니다."

"그럼 왜 진작 풀어주지 않은 거야? 셸에게 가서 내가 라이오니가 아니라고 말하면 되잖아."

"우리가 셸을 설득하기는 어렵습니다. 하위 기계인

우리에게는 유연한 사고가 허락되지만, 셀에게는 고정된 논리 체계가 있습니다. 셀은 이 거주구의 시스템 오퍼레이터이고, 시스템을 유지하기 위해 입력된 일반 명제들은 우리의 설득으로는 바꾸기 어렵습니다. 셀은 이곳의 모든 통로와 탈출구를 알기에, 우리가 당신을 풀어주려고 해도 그가 길을 막을 겁니다. 유일한 방법은 당신이 스스로 라이오니가 아님을 셀에게 증명하는 것뿐입니다."

"뭐, 그렇다고 쳐도…… 내가 라이오니라는 게 셀이 고집하는 그 일반 명제에 해당한다는 거야? 왜?"

기계들은 가만히 침묵한다. 대답을 못 하는 이유가 있는 것인지, 아니면 대답을 하기 싫은 건지 모르겠다.

나는 창고를 둘러보면서 새로운 의문들을 떠올린다. 왜 기계들이 수백 년간 이곳에서 그들만의 소박한 문명을 만들어온 것인지 궁금해진다. 왜 거주구 전체를 점령하지 않은 것인지. 처음 기계들에게 붙들렸을 때는 이곳에 살았던 사람들이 죽은 이유가 기계 혁명 때문일 것이라고 생각했는데, 지켜보고 있자니 그들은 혁명을 하기에는 너무 온순한 기계들 같다. 배양실에 혼자 갇혀 있을 때보다 이곳 창고에서 기계들과 함께 있는 것이 나에게는 더 편안하게 느껴진다. 창고는 중력이 너무 강하고, 내장이 아래로 짓눌려 떨어져 나갈 것처럼 아프고, 수시로 머리를 울리는 진동이 느껴지는데도 그렇다.

"셀과 이야기하기 전에 알고 싶어." 내가 묻는다. "라이오니는 누구지? 너희에게 아주 중요한 존재였나?"

이번에는 나의 바로 앞에 선, 키가 작은 기계가 대답한다.

"그렇습니다. 라이오니는 과거에 우리를 소유했던 주인입니다. 우리는 모두 라이오니에게 애정을 지녔습니다. 셀은…… 좀더 맹목적이었습니다."

가만히 기계의 다음 말을 기다린다.

"산산조각이 난 셀을 목숨 걸고 구해준 게 라이오니였습니다. 반대로 라이오니를 폐기당할 위기에서 구해준 것도 셀이었고요."

낯선 단어 선택에 나는 되묻는다.

"폐기당한다고? 라이오니는 인간이었잖아."

"라이오니는 인간이었지만, 동시에 폐기되어야 할 존재였습니다."

기계가 말한다. 나는 3420ED, 그리고 셀과 라이오니에게 얽힌 이야기들이 기계와 그들의 주인이라는 단순한 구도 이상의 복잡한 사연을 가지고 있음을 짐작한다.

"이곳은 한때 불멸인들의 도시였습니다. 라이오니는 이곳에 살던 불멸인들의 복제였고, 동시에 결함 있는 복제였어요."

기계는 긴 이야기를 시작한다.

3420ED는 인접 문명보다 월등한 생명공학 기술을 보유한 불멸의 도시였다. 자신들의 건강한 복제를 계속해서 생산하고 몸을 교체하는 방식으로, 기억과 자의식

을 단절 없이 전송하는 기술이 불멸을 가능하게 했다. 거주민들은 죽지 않았고 노화하지도 않았다. 영원한 젊음과 건강 위에 도시는 유례없는 번영을 누렸다. 그러나 인접 문명들이 이 복제 기술에 혐오감을 표하고, 복제들에게 정말로 고유한 자의식이 부재하는지 증명하라는 요구를 반복하자, 불멸인들은 소행성과 외부 구조물 전체에 회피 보호막을 씌워 외부와의 단절을 선언했다.

도시는 고립된 채 수백 년간 번영했다. 죽음을 잊은 불멸인들은 지루함을 몰아내기 위해 온갖 흥미로운 실험에 몰두했다. 기계들은 단지 도시를 유지하기 위해 만들어진 부품이었고, 기계들에게 자의식이 부여된 것은 그 실험의 일부였다. 그러나 불멸인들은 기계를 완벽하게 통제하는 법 또한 알았기에, 기계들은 자의식을 가진 채로 그들의 주인에게 복종했다. 신체 교체를 위해 생산된 복제들에게서도 자의식이 발견되었다는 보고가 이어졌지만, 아무도 그것을 신경 쓰지 않았다. 복제들의 자의식은 전송하는 순간에 즉시 제거되었으므로.

모든 것이 완벽하고 순조로웠다. 도시에서 수백 년 만에 '죽음'이 발생하기 전까지는.

배양실 인근 구역에서 감염병 D가 처음 보고되었을 때, 연구자들은 하루 만에 감염원을 분석한 후 기존 바이러스의 국소적인 변형으로 결론을 내렸다. 증상은 매우 가벼웠으며, 약한 미열과 오한이 전부였기에 아무도 그것을 대수롭게 생각하지 않았다. 심각한 통증도 없었고 사망에 이를 만한 질병도 아니었다. 하루 이틀을 앓고 나면 증상도 사라졌다.

그러나 몇 주 뒤, 자의식 전송을 위해 장치로 들어간 한 시민이 손쓸 새도 없이 시체가 되어 나왔을 때, 비로소 감염병 D의 문제가 무엇인지 드러났다. 첫번째 죽음에 이어 두번째, 세번째 죽음이 발생했을 때는 도시 전체에 비상이 걸렸다. 감염병 D는 그 자체로 신체를 파괴하는 것이 아니었다. 감염병 D가 파괴하는 것은 도시에 이미 수백 년간 자리 잡은 불멸이라는 개념이었다. 복제된 신체로의 자의식 전송을 불가능하게 하는 미세한 면역 체계의 변화. 그것이 불멸인들의 도시에 '죽음'의 공포를 전파하기 시작한 감염병이었다.

공포와 불안이 퍼지자 질병보다 빠르게 그들을 죽이기 시작한 것은 그들 자신이었다. 도시의 불멸인들은 수백 년간 죽지 않는 인간으로 살아왔다. 불멸은 그들에게 호흡처럼 당연한 삶의 조건이었고, 유전자 수준에서 죽음에 대한 두려움도 제거되었다. 질병이나 사고에 대한 지나친 공포도 불필요했다. 그들은 그만큼 강인했고, 과감했으며, 모험을 두려워하지 않았고, 실험을 즐겼다. 그러나 도시에 갑작스레 죽음이 도입되면서 모든 것이 달라졌다. 그들은 후천적으로 공포를 학습했다. 수백 년간 유예된 죽음에 대한 뒤늦은 공포였으므로, 그 무게는 엄청난 것이었다.

어떤 이들은 얼른 현실을 받아들였다. 죽음에 대비

가 되어 있는 다른 문명에 도움을 요청해야 한다고 말했다. 질병과 사고에 전혀 대비되어 있지 않은 도시의 상황이 멸망을 가속하고 있기 때문이었다. 어떤 이들은 최소한 고립 상태를 해제해야 한다고 말했다. 그러나 어떤 이들은 그러한 행위가 도시의 이른 멸망을 유도하게 될 것을 두려워했고, 대부분은 어쩔 줄을 모른 채 공포와 혼란에 빠져 있었다. 감염은 속절없이 퍼져나갔다. 온갖 뜬소문과 괴담이 돌기 시작했다. 여러 사람의 혈액을 한꺼번에 주입하여 면역 기능을 강화하면 감염으로부터 안전하다는 속설이 퍼졌을 때, 불멸인들은 서로를 해치기 시작했고, 폭력은 감염병보다 빠르게 전파되었다.

라이오니는 불멸인의 복제 과정에서 결함이 발생한 복제였다. 면역 향상을 위해 투입된 돌연변이 유도체가 지나친 변이를 초래했고, 급속 성장 과정에서 뒤늦게 성격적인 결함이 발견되었다. 15세에 성장이 강제로 중단된 소녀는, 얼마 지나지 않아 다른 불량품들과 함께 폐기될 운명이었다.

그런데 라이오니가 폐기되기 직전 배양 수조 밖으로 끌어 올려졌을 때, 배양실 전체를 뒤흔드는 사이렌이 울렸다. 거주구 전체의 이동을 중단하는 비상 명령이었다. 폐기 처분이 중단되었고, 한때 불멸인이었던 직원들이 격벽에 격리된 동안 라이오니와 불량품들은 기계들의 창고로 숨어들었다. 기계들은 도망친 복제들에게 창고 한편을 내주었다.

불멸인들이 처음 경험하는 죽음의 공포에 압도되어 도시 전체를 파멸로 몰아가는 동안, 라이오니와 동료들은 그들만의 새로운 성채를 구축했다. 불멸인들이 화풀이로 부수거나 폐기한 기계들을 모두 수거해 와서 고쳤고, 배양 수조에 방치된 복제들을 풀어주었다. 복제들은 새로운 동료로 합류했다. 해방된 복제들은 창고에 머물면서 기계들의 복종 프로그램을 제거했다. 기계들이 서로를 수리하는 법을 터득할 때까지, 복제들이 기계를 돌보아주었다. 라이오니는 해방된 복제들 중에서는 유일하게, 그에게 발생한 유전적 결함 때문에 죽음의 공포를 이해하는 개체였으므로, 공포에 질린 불멸인들의 행동 패턴을 예측하는데에 큰 공을 세웠다.

라이오니가 중요한 기계 부품을 훔치러 관리 탑에 잠입했다가, 주인에게 발길질을 당해 처참하게 부서진 셀을 구해 온 것도 그때였다. 하필이면 시스템 오퍼레이터를 훔쳐 간 여자아이를 수상하게 여긴 불멸인들이 기계 부대를 동원해 라이오니를 추적했고, 사격이 시작되려던 순간, 고철 덩어리가 된 셀이 그 앞을 힘겹게 막아섰다. 기계들이 그동안은 경험한 적 없던 오퍼레이터와 주인들의 명령 충돌에 혼란을 겪는 동안, 라이오니는 셀을 끌어당겨 창고로 도망쳤다.

라이오니의 목표는 3420ED에서 불멸인들을 완전히 몰아내고, 다른 복제와 기계 들과 함께 이 도시에서 평화롭게 살아가는 것이었다. 그러나 일은 쉽게 풀리지 않았다. 불멸인들의 수가 점점 줄어들자 멸망의 진행은 정체기에 접어들었다. 혼란 속에서 겨우 살아남은 불멸인들은 폐허가 된 도시를 버리고 우주선을 타고 떠났다. 다른 거주구를 점거하여 새로운 방식의 불멸을 찾아보려는 것 같았다. 떠나지 않은 이들은 거주구의 남은 자원을 소모하며 약물에 중독되어 사망했다. 혹은 죽은 것과 같은 상태가 되었다.

한편 해방된 복제들은 기존의 불멸인들과는 또 다른 이유로 도시를 떠나고 싶어 했다. 그들은 태생적으로 두려움과 공포가 제거된 존재들이었고, 그런 동시에 불멸인들처럼 후천적으로 죽음에 대한 공포를 학습할 만큼 아주 오래 살지도 않았다. 그들은 죽음을 존재 조건으로 타고났지만 정작 죽음을 두려워하지 않는, 이전에는 존재하지 않았던 새로운 인류였다. 그들은 이 좁은 거주구에 갇혀 진부한 죽음을 반복하는 대신, 바깥으로 나가 자신들이 획득한 삶의 가능성을 시험해보기를 원했다.

—우리와 함께 가지 않겠다니. 어째서 그런 선택을 하는 거지? 너도 우리와 같은 복제 출신이 아닌가. 배양 수조에 갇혀 늙은 이들의 자의식을 물려받을 끔찍한 처지에서 벗어났는데, 여기에 남겠다고?

기계가 보여준 흐릿한 영상 속에서, 라이오니가 어

떤 표정을 하고 있는지는 보이지 않는다. 영상에서 보이는 것은 대부분 대화를 가만히 듣고만 있는 기계들이고, 그 옆에 라이오니를 비롯한 복제들이 있다는 것은 오가는 목소리로만 파악할 수 있다.

—하지만…… 우리가 모두 떠나면. 이 기계들은 어떻게 되는 거야? 그들이 우리의 해방을 도왔잖아. 그리고 지금은…… 우리를 따르고 있어. 그들은 우리를 주인으로 여겨. 나는, 그러니까, 이들을 버릴 수 없어. 누군가는 남아서 기계들을 책임져야 해. 최소한 그들을 데려가야 해.

라이오니의 목소리는 생각보다 앳되고 여리다. 자신의 말에 확신이 없는지 여러 번 말을 멈추고, 더듬는다. 반면 라이오니에게 반론하는 다른 복제는 확신에 차 있고, 어조만으로도 위압감이 느껴진다.

—그들에게는 그들의 삶이 있어. 우리가 책임질 일은 아니야. 데려갈 수 없다는 건 네가 가장 잘 알 텐데. 그들의 프로그램은 터널을 넘으면 파괴된다. 이곳에 남는다는 것도 현실성이 없어. 너는 이곳에 평생 남을 건가? 그러지 않을 거라면 떠나는 일을 유예하는 것이 무슨 의미가 있지?
—왜 평생 여기 남으면 안 되는데?
—이 도시는 소멸의 길로 접어들었어. 불멸인들이 폭동을 일으키면서 구조물에 너무 많은 손상이 생겼어. 오래 유지되지 못할

거다. 인공 생태계도 모두 파괴되었어. 새로운 터전을 찾아 나서는 게 나아. 라이오니. 너는 너무 앞선 걱정과 두려움이 많아. 기계들은 알아서 자신의 길을 찾을 거야.

—맞아. 난 너희들과 달리 걱정이 많아. 사라지는 것이 무서워. 나의 죽음뿐만 아니라 기계들의 죽음도.

—이곳에 남는 것도 죽음의 지연일 뿐이지.

—하지만 내가 떠나면……

영상은 그 부분에서 중단되고, 두 번 깜빡이다 완전히 꺼진다. 나는 라이오니의 끊긴 말 다음에 나올 단어들을 상상한다. 기계가 말한다.

"라이오니는 떠나지 않았습니다. 라이오니는 우리의 두려움에 공감하는 유일한 복제였죠. 기계들에게도 소멸의 공포가 있다는 것을, 다른 복제들은 이해하지 못했지요. 라이오니는 남아서 기계들을 터널 밖으로 안전하게 데려갈 방법을 찾으려고 했어요. 불멸인들의 기술 라이브러리에 복제의 권한으로 접근해 보호 설계 방법을 찾겠다고 했지요."

"그래도 실패했겠지."

"그랬습니다. 라이오니 혼자서 그 방법을 찾겠다는 건 애초부터 불가능한 일이었습니다. 어쩌면 이미 제조된 기계에게 추가로 보호 설계를 덧입히는 방법 자체가 없었을지도 모릅니다. 라이오니의 두번째 계획은, 그냥 여기 남아서 기계들과 함께 살아가는 것이었습니다. 거주구에 남은 인간은 없지만 기계들은 있으니, 외롭지 않을 거라고 생각했겠죠."

"그런데 마음을 바꾼 거지. 결국은 떠났잖아?"

"도시는 라이오니가 살아남을 수 없는 환경이 되어가고 있었어요. 라이오니는 끝까지 떠나기를 원치 않았지만, 저는 라이오니의 죽음을 그냥 지켜볼 수 없었습니다. 간절히 라이오니를 설득했어요. 이곳을 떠나라고, 거주구 바깥에서 다른 방법을 찾을 수 있을지 모른다고 말했습니다."

기계는 라이오니를 제외한 인간들이 모두 떠난 이후 거주구에 일어난 일들을 설명해주었다. 거기서부터는 나도 익히 아는 이야기였다. 인간의 손이 닿지 않는, 멸망의 장소에서 발생하는 일들. 오직 기계만으로 유지되는 문명은 드물다. 처음에는 재생 시스템이 파괴되어 자원 복구가 불가능해졌고, 인공 생태계의 동물과 식물이 모두 죽었다. 기계들이 간과했던 것은, 라이오니에게는 다른 생물이, 그리고 다른 생물의 죽음이 필요하다는 것이었다. 그것이 유기체의 존재 조건이었다. 기계들과 달리 인간은 유기체들의 죽음 위에 삶을 구축한다. 거주구 내부의 공기, 물, 식량에 이르기까지 모든 것이 라이오니의 생존이 불가능한 조건으로 치달았다.

— 셀, 다시 돌아올게.

이번에는 영상 속의 모습이 선명하다. 라이오니의 전체 모습이 담기지는 않았다. 얼굴 아래에서부터 촬영되어 있다. 키가 작은 기계의 카메라로 촬영한 것 같다. 영상 속에서 라이오니는 어떤 기계를 꼭 끌어안는다. 그의 모습을 알아볼 수 있다. 셀. 지금과 같이 엉터리 부품을 덕지덕지 매달기 전, 훨씬 수려한 모습을 하고 있던 원래의 셀이다.

— 다시 돌아와서, 저 터널 너머의 우주로 데려가줄게.

얼굴은 다 보이지 않지만, 라이오니가 울고 있다는 사실을 알 수 있다. 셀이 기계 팔을 내밀어 라이오니의 손을 잡는다. 라이오니는 한참이나 그 손을 잡고 있다가 마지못해 발걸음을 돌린다.

영상이 다시 종료된다. 기계가 말한다.
"그 이후에 라이오니가 어떻게 되었는지는 모릅니다. 하지만 저는 라이오니가 다시 돌아오지 못하리라는 것을 알고 있었어요. 기계들에 비하면 라이오니의 수명은 너무 짧으니까요. 설령 방법을 찾아낸다고 해도 그때는 이미 너무 늦었을 거란 걸 알았지요."
"그런데 왜 셀은 그 사실을 모르지? 너희가 안다면……"
"셀은 이 도시에 맞추어 제작된 시스템 오퍼레이터

42

입니다. 그에게는 변하지 않는 명제가 있습니다. 이 거주
구에 살았던 주인들은, 불멸인이고, 죽지 않는다는 거예
요. 셀의 논리 체계 속에서 라이오니는 불멸의 존재인 겁
니다."

나에게 통조림을 가져다주던 기계가 말한다.

"하지만 우리도 셀이 이렇게까지 오래 기다릴 줄은
몰랐습니다. 이제 끝낼 때가 되었어요. 셀이 분노하더라도
당신이 사망의 위험에 처하지 않도록 호위하겠습니다."
그가 내게 요구한다. "셀에게 가서 모든 걸 말하십시오.
라이오니는 절대 돌아오지 않을 것이라고요."

그의 말이 옳다. 라이오니는 절대 돌아오지 않을 것
이다.

하지만 긴 이야기 끝에는, 아직 의문이 남아 있다.

"그래. 그런데, 그 전에 말이지."

나는 망설이다 묻는다.

"혹시 너희도 내가 라이오니를 닮았다고 생각해? 셀
이 같은 존재라고 착각할 만큼?"

"당신은 라이오니가 아닙니다."

기계는 말한다. 짧은 침묵이 흐르고 한마디가 덧붙여
진다.

"하지만 당신은 라이오니를 닮았습니다. 그렇게 믿고
싶을 만큼."

어떤 복잡한 생각들이 머릿속을 헝클어뜨린다.

셀은 앞을 보지 못한다. 그러니까 내가 라이오니를

닮았다는 것은, 단순히 외형적 유사성 이상의 무언가를 의미한다.

멸망한 도시를 탈출한 복제들은 무엇이 되었을까?

라이오니는 어디로 갔을까?

퍼즐의 모퉁이가 맞춰진다.

로몬들이 주형 복제 시스템을 통해 태어나는 것. 로몬들에게 죽음에 대한 공포가 각인되어 있지 않은 것. 그럼에도 내게는 두려움이라는 태생적 결함이 존재하는 것. 셀이 나를 라이오니라고 부르는 것. 시스템이 나에게 단독 의뢰를 맡긴 것.

깨달음이 나를 움직이게 한다. 시스템이 나를 이곳에 보낸 이유. 멸망을 지켜볼 때면 언제나 찾아들던 죄책감. 오직 이 도시를 마주할 때만 평온해지던 마음.

나는 이곳에 와야만 했다.

"그래. 알겠어. 지금……"

라이오니가, 나의 원본이 그것을 원했기 때문에.

"셀을 만나게 해줘."

내 목소리가 떨리고 있다.

셀에게 달려간다. 셀은 당장이라도 부서져버릴 것 같은 모습을 하고 있다. 기계의 외피가 열려 부품들을 그대로 드러낸 채 바닥에 놓여 있다. 각각의 내부 부품에서 시작된 느슨한 전선들이 컨트롤 보드의 제어 버튼으로 이어진다. 셸이 끝까지 시스템을 붙들기로 결심했다는 것을 알 수 있다. 그럼에도 그가 죽어가고 있다는 사실은 변하지 않는다. 셸의 고장 난 눈이 흔들리더니 나의 발소리가 난 곳으로 방향을 돌린다. 그는 그 센서로는 아무것도 감지할 수 없으면서도 나를 보려는 것 같다. 나는 내가 기억하지 못하는 기계를, 그러나 여전히 나를 기억하는 기계를 마주 본다.

셸에게 들려주는 나의 거짓말은 이렇게 시작된다.
셸, 미안해. 내가 너무 늦게 돌아왔지.
이제는 너를 떠나지 않을게.

∗

기계들이 나에게 물과 음식을 가져다주었지만, 나는 거의 먹지 않았다. 셸의 기능이 점차 소실되면서 거주구의 운명 역시 셸을 뒤따르고 있었다. 인공 중력장은 의미 없는 수준이 되었다. 미약한 중력이 셸과 나를 겨우 바닥에 붙잡아두었다. 구조물이 매일 부서지고, 뒤틀리고, 무너져 내렸다. 컨트롤 보드에서 거주구의 멸망을 생생히 지켜볼 수 있었다. 눈앞의 풍경이 일그러지고 있었다. 이것은 내가 지금까지 목격해온 멸망 이후의 폐허가 아니었다. 멸망의 순간이었다. 나는 셸의 죽음을 지켜보았고, 동시에 도시가 완전히 파괴되는 모습을 지켜보았다.

나는 열흘간 셀의 옆에 머물렀다. 셀에게 내가 셀을 만나기 위해서 했던 수많은 일에 관해 이야기해주었다. 도시를 탈출한 이후에 어떤 무시무시한 멸망들을 마주했는지, 어떻게 터널을 넘었고 새로운 문명과 행성을 발견했는지, 그곳에서 셀과 기계들을 구할 방법을 찾기 위해 얼마나 분투했는지, 그럼에도 방법을 찾지 못했을 때 얼마나 절망스러웠는지, 이곳으로 오는 터널들은 얼마나 복잡하게 얽혀 있고 미로를 헤매는 것처럼 어려웠는지. 대부분은 거짓말이었지만 나는 마치 그 일들을 직접 겪은 것처럼 말해줄 수 있었다. 적어도 나의 고통, 혼란, 슬픔과 두려움은 모두 실재하는 것이었다. 그것이 지금 이 순간은 다행이라는 생각이 들었다. 그 모든 것을 오직 상상으로만 꾸며내야 했다면, 셀은 내가 라이오니가 아니라는 사실을 알아차렸을 것이다. 나는 셀에게 들려줄 이야기가 없었을 것이다. 나는 내가 죽음의 두려움을 아는 것도 다행이라고 생각했다. 셀은 죽음을 두려워하고 있었고 나는 그를 다독여줄 수 있었다.

　　셀은 알아듣기 힘든 목소리로, 자신이 라이오니를 기다리며 거주구를 유지하기 위해 했던 일들에 대해 말해주었다. 인간이 모두 떠난 거주구를 홀로 유지하는 시스템 오퍼레이터의 이야기를. 그 이야기는 이상한 구석이 있었는데, 마치 라이오니가 아닌 다른 누군가를 청자로 고려하는 것처럼 아주 친절하고 상세했다는 점이다. 시간이 흐른 후에 나는 그 순간들을, 셀이 나에게 들려주던 이야기들을 다시 복기해본다. 셀은 정말로 내가 라이오니라고 믿었던 것일까, 아니면 믿지 않았지만 믿는 척 흉내 낸 것일까. 후자라면 그렇게 우스운 일도 없었던 셈이다. 나는 셀이 나를 라이오니라고 믿으리라 생각하며 라이오니를 연기하고, 셀은 그런 내가 라이오니가 아니라는 사실을 알면서도 라이오니라고 믿는 척 연기하는 이중의 연기가 우리 사이에 존재했던 것이니까. 혹은 그 어느 쪽도 아니었을 수도 있다. 완전한 믿음도 완벽한 연기도 아닌, 내가 라이오니라고 확신할 수는 없지만 단지 그렇게 믿고 싶은 상태. 기계가 죽음을 맞이할 때 어떤 상태가 되는지 나는 상상할 수 없지만, 그런 종류의 중첩 상태가 있었으리라고 생각한다. 그 열흘 동안, 셀은 어떤 순간에는 나를 라이오니라고 믿고, 어떤 순간에는 그렇게 믿지 않았을 것이다. 그래서 나를 라이오니라고 생각하면서도 낯선 존재로 대하며 이어지는 그 기나긴 이야기가 가능했을 것이다.

마지막 순간에, 나는 라이오니로서 셀의 손을 잡아주었다.

∗

셀의 죽음 이후, 거주구 3420ED는 빠른 속도로 붕괴되었다. 남은 기계들은 나에게 자신들의 전원을 제거해달라고 요청했다. 나는 그들에게 작별 인사를 고했고, 그들은 "고마워, 라이오니"라고 말했다.

내가 용감하고 대담한 로몬이 아니었기 때문에 나는 구조될 수 있었다. 나를 걱정해왔던 이모들과 루지, 동료들이 오랜 시간 복귀하지 않는 나의 마지막 의뢰 장소로 구조선을 보냈다. 구조선은 탈출 포드에 갇혀 도시 주위를 부유하는 나를 찾아냈고, 무너진 3420ED의 파편에 맞아 훼손된 회수선을 함께 이끌고 로몬들의 탑으로 돌아왔다.

임무 결과를 보고하러 갔을 때, 시스템은 나의 주형에서 성격적 취약함이 발견되었다는 소식을 전해왔다. 문제를 해결하기 전까지 당분간 같은 주형으로 복제되어 태어나는 로몬 아이들이 없을 것이라는 이야기였다. 나는 시스템에 삿대질을 했다.

"나를 이용한 거야? 이미 태어난 나는 어쩌고?"

하지만 돌아오는 길에는 태어나 처음으로 그런 생각을 했다. 나에게 주어진 이 태생적 결함이, 사실은 결함이 아닐지도 모른다는 생각을.

한 달 넘게 고립되었던 트라우마와 부상 때문에 나는 오랫동안 재활 치료를 받아야 했다. 나의 상담사는 내가 사고를 겪기 전보다 오히려 더 건강해진 것 같다고, 나의 두려움이 많이 줄어든 것 같다고 말했다. 그 말이 옳았다. 나는 여전히 멸망의 장소에 갈 때마다 죽음을 상상하고 그것에 압도되지만, 예전만큼은 아니다.

상담사는 상냥하게 묻는다.

"이제는 환각을 보지 않나요?"

"네, 이제는 괜찮아요."

하지만 상담사에게 말하지 않은 것도 있다.

나는 지금도 가끔 눈을 감으면 셸을 만난다. 그는 무너져 내리는 도시를 지키며 소리 내어 웃고 있다. 파편들이 셸의 위로 떨어진다. 그리고 이상한 일이지만 그 풍경 속에는, 내가 아닌 라이오니가 있다. 죽어가는 셸의 곁에서 라이오니는 셸의 손을 잡는다. 둘은 멸망을 맞이하고 있지만 불행하지 않다.

나는 그 뒷모습을 바라본다. 나의 원본이 아니라, 그 자체로 최후이자 유일한 존재였던 라이오니의 모습을.

작가 노트

'팬데믹'은 우리가 지금 살고 있는 현실이어서 나에게는 쓰기 너무 어려운 소재였다. 나는 현실적인 이야기보다 어딘가 좀 붕 떠 있는 이야기를 좋아하는데, 팬데믹으로는 뭘 써도 현실의 어설픈 복제판 같은 것들이 나와서, 쓰다 버린 초안만 열 개쯤 되는 것 같다. 결국은 지구 너머 멀리 가보는 것으로 이 문제를 겨우 우회했다. 전염병에 대해서는 할 수 있는 말이 별로 없었지만, 절망 가운데서도 제자리를 지키는 용감한 사람들을 생각하면서 썼다.

2020년
김초엽

죽은 고래에서 온 사람들

듀나

1

고래는 우리 뗏목에서 10킬로미터 정도 떨어져 있었다.

엄마에게서 받은 쌍안경으로 보면 검은 몸이 해류를 거스르며 만들어내는 하얀 물거품과 등에 솟아 있는 붉은 깃발이 보였다. 눈에 힘을 주니 등 위에 세워진 건물들과 고래 주변의 어선들도 보이는 것 같았다. 하지만 지금 상황에서 내 눈을 믿는 건 위험했다. 나는 뭐든지 믿을 준비가 되어 있었다.

부슬부슬 비가 내리기 시작했다. 나는 방수포를 뒤집어쓰고 다시 노를 잡았다. 밤이나 낮으로 쓸려 가지 않으려면 우린 꾸준히 노를 저어야 했다. 해류에 맞서 헤엄치며 우리를 보호해주던 옛 고래가 그리웠다. 하지만 모든 것에는 끝이 있다. 우리 부족은 그곳에서 1천2백 년, 그러니까 지구 달력으로 40년 가까이 살았다. 고래는 병에 걸린 게 아니라 그냥 죽을 때가 된 것인지도 모른다. 우리는 잘못한 게 없다. 어쩌다 보니 살날이 1천2백 년 남은 고래를 선택한 것뿐이다.

고래 쪽에서 노란 불꽃이 솟아올랐다. 저쪽에서도 우리의 존재를 눈치챈 것이다.

한참 기다리자 우리 쪽을 향해 다가오는 작은 보트가 보였다. 하얀 방호복을 입은 두 사람이 앉아 있었다. 그들이 조금 더 가까워지자, 압축 공기 모터가 물을 뿜어대며 퉁퉁거리는 희미한 소리가 들렸다. 모터 소리는 우리에게 가까워질수록 조금씩 느려졌지만 멎지는 않았다.

"해바라기 고래에서 온 사람들입니까?"

둘 중 한 명이 남자 목소리로 말했다.

"맞아요. 모두 스물한 명입니다. 우린……"

엄마의 말은 시작하자마자 끊겼다.

"여기서 더 가까이 오시면 안 됩니다."

"우린 깨끗해요. 1년 가까이 아무도 안 죽었어요."

거짓말이었다. 두 명이 자살하고 한 명이 사고로 익사했다. 하지만 병으로 죽은 사람은 아무도 없었다. 그러니까 그들이 원하는 답변만 생각하면 엄마의 말은 거짓이 없었다. 모든 상황을 설명하며 이야기를 괜히 길게 늘일 필요는 없었다.

"우리가 여러분의 말을 믿어야 할 이유는 없습니다."

남자 목소리가 말했다.

"그렇다면 그냥 근처에만 있게 해줘요. 1킬로미터만. 기다리면서 확인하시면 되잖아요. 다들 지쳤어요. 언제까지 노를 저을 수는 없어요."

계속 대화가 이어졌다. 보트의 사람들은 설득된 것 같았지만 목소리만으로는 알 수 없었다.

보트는 통통거리면서 다시 고래 쪽으로 사라졌다. 우리는 고래와 뗏목 사이를 가로막고 흐르기 시작한 안개 강을 노려보며 계속 노를 저었다.

세 시간이 지나자 보트가 다시 돌아왔다. 이번엔 세 사람이 타고 있었다. 세번째 사람은 방호복을 입지 않았다. 해초로 짠 회색 원피스 차림이었다. 수염이 없어 여자처럼 보였다. 등에는 하얀 천으로 묶은 제법 큰 짐을 지고 있었다.

보트가 뗏목에서 20미터 정도 가까이 왔을 때 방호복을 입은 두 사람은 다른 한 사람을 보트에서 밀었다. 떨어진 사람은 놀란 구석 없이 헤엄치며 우리에게 다가왔다. 뗏목에 태우고 나서야 우리는 그 사람의 허리에 긴 밧줄이 묶여 있다는 걸 알았다. 새 승객은 밧줄을 풀어 뗏목의 부러진 돛대에 묶었다. 잠시 기다리자 밧줄은 팽팽해지며 뗏목을 당겼다. 우리는 잠시 주저하다 엄마의 신호를 받고 노 젓기를 멈추었다. 새 승객은 등짐에서 말린 과일을 꺼내 하나씩 우리에게 건네주었다. 울음이 터졌다. 2년 만에 처음 맛보는 과일이었다.

죽은 고래에서 온 사람들　　　　55

2

우리는 해바라기를 살리기 위해 최선을 다했다. 3천 년 동안 인간들이 이 행성에서 쌓은 모든 지식과 경험을 털어 넣었다. 하지만 그것만으로는 모자랐다. 지구의 달력으로 1세기라면 결코 짧은 시간이 아니지만, 우리에겐 의미 있는 결과를 낼 만한 도구도, 재료도 없었다.

우리에게 이곳은 바다의 행성이었다. 대륙이 없는 건 아니었다. 하지만 조석고정되어 낮과 밤만 있는 두 대륙은 우리에겐 별 의미가 없었다. 낮 대륙은 모래사막이었고 밤 대륙은 얼음 사막이었다. 생명체가 살 수 있는 곳은 두 대륙 사이에 있는 여명 지대의 바다뿐이었다. 대륙 어딘가엔 우리가 문명을 세우는 데에 필요할 금속 같은 재료가 있겠지만 우리에겐 그림의 떡이었다. 우리는 3천 년 동안 문명을 건설할 수 있는 섬을 찾았지만 허사였다. 여명 지대는 텅 비어 있었다.

고래는 우리의 유일한 대안이었다. 고래라고 이름을 붙이긴 했지만 지구의 고래와는 닮은 구석이 전혀 없는 생명체였다. 우리의 고래는 떠다니는 거대한 섬이었다. 폭은 1-2백 미터 정도였고 길이는 7백 미터에서 1.5킬로미터에 달했다. 납작한 등은 언제나 물 위로 드러나 있었고 물 밑에 있는 수백 개의 지느러미로 헤엄을 쳤다. 수천 년의 관찰을 거친 끝에 우리는 고래가 수백의 개체가 모여 만들어진 군체라는 결론을 내렸다. 단지 고래는 지구의 군체 동물보다 훨씬 복잡하게 연결되어 있는 생명체였다. 생각 없이 험악한 해류나 태풍에 잘못 휩쓸렸다가는 생선찜이나 냉동 생선이 될 수밖에 없는 이곳에서 덩치를 불리는 건 이치에 맞는 진화의 선택이었다.

우리는 고래 위에서 생존할 수 있었다. 집을 세우고, 고래 등과 주변 바다에 농장을 만들고, 벗겨지는 등껍질을 엮어 보트를 만들 수도 있었다. 아이들을 낳고 교육하고 언젠가 다른 별과 통신할 수 있는 미래를 꿈꿀 수 있었다. 그 희망으로 우리는 3천 년을 버텼다.

하지만 이 모든 희망은 고래의 영생에 달려 있었다. 다들 고래는 영생이 가능한 생명체라고 했다. 개체가 하나씩 늙어 죽어가도 늘 다른 곳에서 젊은 개체가 그 자리를 채웠다. 죽은 개체가 남긴 기억은 이들이 공유하는 느슨한 신경망을 통해 공유되었기에, 고래는 늘 우리가 아는 바로 그 고래였다.

하지만 어떤 고래들은 죽어갔다. 개체가 죽는 속도보다 새 개체가 들어오는 속도가 더 느리면 고래는 완전히 죽었다. 그 속도가 어느 선을 넘으면 위기를 느낀 개체들은 접근하지 않았다. 고래는 분해되었고 그와 함께 그 위에 있던 마을은 멸망했다.

고래병이라고 했다. 전염병이라고 했다. 한 마리의 고래가 죽으면 인근 고래들이 따라 죽는 경우가 보고되었다. 하지만 우리는 그 전염 경로에 대해 아는 바가 없었다. 해류를 타고 감염되는 것일 수도 있었다. 먹이가 되는 물고기 때문일 수도 있었다. 아니면 우리 때문일 수도 있었다. 우리가 별다른 도구 없이 이 행성 생태계의 일부가 될 수 있었던 건 지구인과 이 행성의 생명체 사이에 두드러진 차이가 없었기 때문이었다. 우리는 이곳의 생명체들을 먹을 수 있었고 그들도 마찬가지였다. 우리는 이 행성의 미생물에 감염되었고 이들도 지구의 미생물을 받아들였다. 지금까지 큰일은 없었다. 고래병이 돌아 죽은 고래에서 온 사람들을 받아들인 다른 고래들마저 한 마리씩 죽어가기 전까지는.

우리는 저 사람들이 원망스러웠지만 탓할 수는 없었다. 우리도 그랬을 것이기에.

3

장미 고래에서 온 여자는 의사였다. 그리고 살인자였다.

"남편을 죽였어요."

의사는 담담하게 말했다.

우리는 왜 죽였느냐고 묻지 않았다. 사정이 있었겠지. 살인자를 우리에게 보낸 저쪽 사람들도 사정이 있었을 것이다. 범죄자의 처리는 언제나 까다로웠다. 죽이기엔 일손이 늘 달렸고 감옥 같은 걸 만들 수 있을 만큼 큰 고래는 몇 없었다. 처리하기 어려운 범죄자를 전염병 보균자일 수도 있는 사람들이 탄 뗏목에 보내는 건 충분히 논리적으로 들렸다. 의사라면 조금 아까웠을 것이다. 하지만 그래도 이렇게 보낸 걸 보면 유일한 의사는 아닌 모양이었다.

의사는 우리를 한 명씩 진찰했다. 다른 별 사람들처럼 꼼꼼하게 할 수는 없었다. 우주선에서 가져온 의료 장비는 점점 줄어들고 있었다. 우리가 쓰는 주삿바늘은 모두 3천 년 이상 나이를 먹었다. 우리 대부분은 지구 나이로 쉰을 넘기지 못했다.

"어떻게 생각해요?"

진찰이 모두 끝나자 엄마가 물었다.

"솔직히 말하면 몰라요."

의사가 대답했다.

"모두 건강해 보이는군요. 붉은 열꽃도 없고 체온도 정상이에요. 하지만 우린 고래병에 대해 아무것도 몰라요. 다들 붉은 열병이 고래병일 거라고 두려워하지만 인간이 전염시키는 고래병 따위는 없을 수도 있어요. 증상이 없어도 보균자일 수 있고요. 지금 떠도는 규칙은 모두 미신에 가까워요."

"그럼 저쪽에서는 어떻게 할 건데요?"

"기다리다 지치면 받아줄 수도 있어요. 1년 정도? 기껏해야 몇 주예요."

엄마는 쭈그리고 앉아 주머니 속에서 회중시계를 꺼냈다. 아직도 째깍거리며 몇천 광년 저편에 있는 고향 행성 도시의 시간과 날짜를 알려주는 기계를. 상식적인 사람들이 대부분 그렇듯, 엄마도 지구를 떠나 새 세계를 개척하기로 결정한 조상들을 저주했고 오로지 몇 장의 사진을 통해서만 본 고향 행성에 대한 향수에 시달렸다. 런던, 타이베이, 뉴욕, 나이로비, 시드니, 리우데자네이루. 거대한 땅과 무한한 건물들의 세계. 낮과 밤이 지명이 아닌 곳.

"포기해버리고 해류에 밀려가는 것도 생각했어요. 희망 없는 삶이니까요. 딸이 없었다면 정말 그랬을 수도 있어요. 나머지 사람들은 모두 마흔이 넘었어요. 저기에 가 봐야 몇 년을 더 살겠어요? 더 산다고 해도 무얼 할 수 있겠어요?"

"포기하고 죽으면 고통스럽잖아요."

"쪄 죽는 것과, 얼어 죽는 것. 어느 쪽을 택하시겠어요?"

이 행성 사람들이라면 모두 한 번 이상 듣는 질문이었다. 답에 따라 사람들은 둘로 나뉘었다. 이 구분은 종종 성별보다 더 중요했다. 의사는 대답하지 않았다. 하지만 우리가 보기에 얼음 파에 속한 것 같았다.

엄마는 한숨을 내쉬며 시계를 주머니에 넣었다.

"지금 이대로도 나쁠 건 없어요. 적어도 죽어라 노를 젓지 않아도 되니까요. 다들 너무 지쳤어요."

4

1년이 지나고 2년이 지났다. 장미 고래에 사는 사람들은 우리를 데려가지 않았다. 가끔 한두 명이 보트를 타고 와 의사와 대화를 나누었지만 그게 전부였다. 붉은 열꽃이 없는 것만으로는 그들에게 확신을 줄 수 없었다.

2년은 견딜 만했다. 우린 더 이상 노를 젓지 않아도 되었다. 장미 고래는 우리를 폭풍과 폭풍 사이의 고요한 샛길로 인도했다. 인간이 사는 거대한 고래 주변엔 풍부한 생태계가 조성되어 있었기에 우리는 낚시와 채집만으로 그럭저럭 배를 채울 수 있었다. 담수 제조기 하나를 잃어버리긴 했지만 장미 고래에서 떨어져 나간 껍질로 새것을 만들 수 있었다.

걱정되는 건 우리와 장미 고래를 연결하는 밧줄이었다. 3천 년 동안 우리가 개발한 자랑스러워해도 될 만한 기술 중 하나는 질기고 튼튼한 밧줄 제조법이었다. 하지만 아무리 튼튼한 밧줄이라도 버틸 수 있는 시간엔 한계가 있다. 장미 고래 사람들은 밧줄을 바꾸어줄 생각이 없는 것 같았다. 그냥 어쩌다 밧줄이 끊어져 별 죄책감 없이 우리가 버려지길 바라는 건지도 몰랐.

장미 고래와 함께한 지 꼭 2년째 되던 날, 의사는 또 다른 고래를 발견했다. 장미나 해바라기보다는 작았다. 길이가 6백 미터 정도. 쌍안경으로 보니 어설픈 건물의 흔적은 있었지만 움직이는 사람은 보이지 않았다. 폐허였다.

알 수 없는 이유로 마을이 완성되기 전에 사람들이 고래를 떠난 것처럼 보였다.

방호복 차림의 장미 고래 사람들이 보트를 타고 정찰을 떠나는 게, 그들이 새 고래에 올라타 버려진 마을을 탐사하는 게 보였다. 우리도 머리를 맞대고 토론했다. 아직 저 고래는 누구의 것도 아니었다. 장미 고래가 우리를 받아들여주지 않는다면 우리가 저기 가도 되지 않을까.

단순한 해결책처럼 들릴 수도 있겠지만 아니었다. 장미 고래 사람들 또한 저 고래에 사람들을 보내고 싶을 수도 있다. 고래 마을은 언제나 조금씩 좁았고 늘 고향 고래를 떠나고 싶어 하는 젊은 사람들이 있었으니까. 저들이 고래병을 앓고 있을지도 모르는 우리와 같은 고래를 쓰고 싶어 할까?

"망설여서 뭐해? 어차피 장미 사람들은 우리가 여기 있는 걸 좋아하지도 않아. 지금 가서 우리가 침을 발라놓자고. 그 순간 저 고래는 우리에게 오염되는 거야. 그래도 머물 생각이 있으면 머물라고 하고."

우리 뗏목에서 가장 연장자인 목수가 말했다. 나는 겁이 났지만 엄마를 포함한 다른 사람들은 모두 동의했다. 의사는 동의도 거부도 하지 않았다. 아직 우리 뗏목 소속이 아니라고 생각하는 것 같았다. 하지만 일단 노를 주자 의사도 자리를 찾아 젓기 시작했다. 아까까지 팽팽했던 밧줄은 느슨해지며 바닷물 속으로 잠겼다.

엄마의 시계로 한 시간 만에 우리는 새 고래에 도착

했다. 가까이 가서 보니 옆구리에 부두가 남아 있었다. 여기 사람들은 마을을 대충 짓다 말고 떠난 게 아니었다. 오랫동안 사람들이 살았던 고래였다. 우리가 본 건 폭풍을 겪으며 무너진 마을의 폐허였다.

우리는 모두 고래 위에 올랐다. 남은 건 별로 없었지만 멀쩡한 집들만 써도 넉넉할 것 같았다. 다른 집을 지을 바다 나무들이야 천천히 모으면 된다. 하지만 이렇게 멀쩡한 마을을 남겨놓고 사람들이 떠났다는 게 이상했다.

마을을 둘러보고 있는 동안 장미 고래에서 온 방호복 차림의 사람들과 마주쳤다. 그들은 우리를 보고 그렇게 놀라지 않았다.

"집이 망가진 게 비교적 최근입니다. 이 고래는 최근에 심한 폭풍을 여러 차례 겪었어요."

우두머리 방호복이 말했다.

그 자체는 이상하지 않다. 고래들은 최대한 폭풍을 피하려 하고 거기에 능숙하다. 하지만 이곳은 폭풍의 행성이었다. 낮에서 만들어지는 뜨거운 공기와 밤이 만들어내는 차가운 공기가 미친 것처럼 뒤섞이는 곳이었다. 아무리 고래가 영리하고 능숙하다고 해도 폭풍을 완전히 피할 수는 없었다. 하지만 대부분 마을은 폭풍에 대비되어 있었다. 바람을 피할 수 있는 유선형으로 지어진 집들은 어떤 충격에도 떨어지지 않게 단단히 고정되어 있었다. 그런데 비교적 최근의 폭풍으로 마을 대부분이 날아가버렸다. 그렇다면 사람들도 같이 폭풍 속으로 사라진 것일까?

방호복들은 후퇴할 준비를 했다. 새 고래는 탐이 났지만 지금은 조심할 때였다. 정체를 알 수 없는 역병이 가라앉을 때까지 익숙한 마을에 머무는 게 나았다. 이해가 갔다. 안심도 됐다. 우리는 아직 이 고래에 희망을 걸고 있었기에.

슬프게도 그 희망은 몇 분 만에 끝났다.

장미 고래 사람들이 보트를 묶어놓은 부두로 걸어가기 시작했을 때 첫번째 진동이 느껴졌다. 처음엔 별것 아니라고 생각했다. 우리는 살아 있는 동물 위에 있었고 동물은 움직이기 마련이니까. 하지만 두번째 진동은 성격이 달랐다.

고래가 쪼개지고 있었다. 양쪽 부두를 제외한 고래 위 가장자리가 무서운 속도로 떨어져 나갔다. 그제야 우리는 고래의 가장자리를 이루는 개체들 절반 이상이 죽어 있다는 걸 알아차렸다. 보통 고래들은 개체가 죽으면 즉시 그 시체를 떨어내지만, 이 고래에서는 아직 살아 있지만 분리될 준비를 하고 있는 개체들이 그 시체들을 움켜쥐고 있었던 것이다.

순식간에 고래 부피의 절반이 떨어져 나갔고 우리는 필사적으로 몸통 중심을 향해 뛰었다. 방호복 두 명이 물속으로 떨어졌고 비명 소리와 함께 바닷물이 피로 물들었다. 살아남은 개체들이 물에 떨어진 사람들을 공격하고 있었다. 우리는 플랑크톤과 바다 벌레를 먹는 평화로운

64

고래의 존재에 익숙해져 고래를 이루기 전 개체들이 사냥꾼이었다는 사실을 잊고 있었다. 알 수 없는 이유로 이들은 고래가 되기 전의 본성을 유지하고 있었고 이빨도 남아 있었다.

그와 함께 고래는 방향을 바꾸기 시작했다. 우리는 선택을 해야 했다. 고래 위에 남을 것인가, 아니면 뗏목으로 돌아갈 것인가. 우리는 후자를 택했다. 무슨 일이 일어나고 있는지는 알 수 없었지만, 이 고래는 우리의 집이 될 생각이 없는 것 같았다.

아직 부두 쪽은 붕괴가 일어나지 않았다. 뗏목도 멀쩡했다. 이를 드러내는 개체들이 다가오고 있었지만 어쩔 도리가 없었다. 우리는 한 명씩 뗏목 위로 뛰어들어 노를 잡았다.

그때였다. 내 왼발이 무너지는 고래 몸의 틈 사이에 끼인 것은. 개체 사이에 끈적거리는 점액이 발목을 잡았고 나는 여기서 빠져나올 수 없었다.

맨 먼저 나에게 달려온 사람은 의사였다. 그다음은 마을 사람들을 이끌던 엄마였다. 다른 사람들은 오지 않았다. 아니, 올 수가 없었다. 뗏목 위의 사람들은 순식간에 고래로부터 멀어져갔다. 몇 명은 물속에 떨어졌고 몇 명은 노를 들고 개체들과 맞서 싸우고 있었다. 그리고 그건 내가 그들을 본 마지막이었다.

엄마와 의사가 내 발목을 점액으로부터 간신히 뽑아냈을 때 고래는 미친 것처럼 폭풍 속으로 뛰어들고 있었다.

우리는 살아남았다. 폭풍 속에서 점점 사라져간 고래는 우리를 죽이려 발악하는 것 같았다. 하지만 고래의 등 위에 남아 있는 마지막 나무 집은 튼튼했다. 튼튼하게 지어졌기 때문에 그 발악에도 버텼던 것이다. 이제 그 집은 작은 배가 되어 운 좋게 폭풍에서 쓸려 나온 우리를 지켜주고 있었다.

희망은 없었다. 우리에겐 노도, 돛도 없었다. 이렇게 해류에 맡기고 떠돌다간 낮과 밤 어딘가에 쓸려갈 것이고 기다리는 건 죽음뿐이었다.

이게 어떻게 된 일일까? 우리는 고민했다. 우리가 알기로 이와 비슷한 일을 겪거나 목격한 사람들은 없었다. 하지만 3천 년은 모든 걸 경험하기엔 짧다. 이런 일에 대해 우리가 알지 못하는 건, 경험자들이 살아남지 못했기 때문일 수도 있다.

"고래들에게 우린 전염병이었을지도 몰라요."

의사가 말했다.

"우린 고래와의 공생 관계를 최대한 긍정적으로 보고 싶어했지요. 고래가 없으면 살아남을 수 없었으니까요. 하지만 고래는 우리가 필요 없었어요. 그냥 견딜 만한 작은 기생충에 불과했지요. 그런데 그 견딜 만한 기생충이 치명적인 질병을 옮기기 시작했다면 고래들도 여기에 대비해야 하지 않을까요? 그들은 영리해요. 해류를 읽고 폭풍을 예측하고 정보를 교환해요. 사라진 고래를 이루는 개체들이 다른 고래의 일부가 되었다고 생각해봐요. 그리고 인간을 퇴치할 수 있는 방법을 전수했다면?"

잠시 우리는 멸종에 대해, 3천 년 동안 이어져온 우리 역사의 끝에 대해 생각했다. 하지만 엄마는 좀더 긍정적이었다. 그들이 그렇게 영리하다면 인간이 단순한 기생충이 아니라는 걸, 대화가 통하는 지적인 존재라는 걸 알고 있을 것이다. 그렇게 쉽게 처치하고 잊어버리는 대신 대화를 시도할 것이다. 똑똑한 동료가 있는 건 좋은 일이기에.

이 모든 건 탁상공론 같아 보였다. 사람들이 사는 고래와 마주치는 게 우리의 유일한 희망이었는데, 그건 가능성이 낮았다. 그리고 만난다고 해도 그 사람들이 우리를 받아줄 것 같지도 않았다. 우리 피부엔 서서히 붉은 열꽃이 자라나고 있었다. 아무래도 저번 고래에게서 감염된 것 같았다. 병에 대한 두려움은 없었다. 추위와 더위에 대한 두려움이 더 컸다.

일주일 뒤, 우리는 희망 비슷한 것과 마주쳤다. 우리가 기대했던 것과는 조금 다른 것이었다. 그건 거대한 빙산이었다. 물 위에 드러난 부분만 해도 웬만한 고래의 열 배는 되는 것 같았다. 우리는 별 고민 없이 그 위에 올랐다. 고맙게도 얼음이 녹아 생긴 개울이 꼭대기까지 오를 수 있는 비교적 편한 길을 만들어놓고 있었다. 거대한 담수의 덩어리였다. 이틀째 담수 제조기는 자기 역할을 못하고 있었기 때문에 고맙기 짝이 없었다.

이 정도 빙산은 드물지 않았다. 낮에서 흘러온 따뜻한 물이 밤의 대륙에서 생성된 얼음덩어리를 뜯어 온 것이다. 빙산은 낮을 향해 흘러가고 있었다. 당장은 아니더라도 곧 녹아 사라질 운명이었다. 하지만 여유 시간이 있는 건 좋은 일이었다. 주변에 달라붙은 바다 나무들을 이용하면 노와 밧줄을 만들 수 있을 것 같았다.

2주일이 지났다. 그러는 동안 수평선 위의 붉은 해는 사라졌다 나타났다를 반복했다. 우리의 운명을 조종하는 사악한 신이 우리에게 희망과 공포를 조금씩 번갈아 주는 것 같았다. 피부에 흔적을 남기고 사라진 열꽃도 마찬가지였다. 우리는 우리가 죽어가고 있는지 살아남았는지 알 수 없었다. 잠이 들기 전에 들려오는 이상한 목소리들은 우리의 뇌가 감염되었다는 뜻일까, 아니면 그냥 흔한 유령일까.

보름째 되던 날 나는 기계를 발견했다. 금속으로 만든 원통 안에 기능을 이해할 수 없는 복잡한 장치들이 가득 차 있었다. 나는 근처에서 수통에 물을 채우고 있던 의사에게 그 물건을 가져갔다. 의사도 그 기계의 정체에 대해 아는 게 없었다. 하지만 주변을 조금 더 뒤지자 다른 것들도 나왔다. 장갑, 곡괭이, 무언가 먹을 것처럼 보이는 갈색 덩어리가 든 봉지들 그리고 얼음 속에 갇힌 시체 하나. 시체는 남자였고 수염이 없었고 우리보다 훨씬 덩치가 컸다.

"조상이야."

의사가 말했다. 우리는 우리 행성 역사의 시작을 보

고 있었다.

우리는 우리에게 주어진 가능성에 대해 생각했다. 이 빙산 안에는 무엇이 더 들어 있을까? 만약 조상들이 타고 온 우주선 전체가 이 빙산 안에 묻혀 있다면? 그 우주선 안의 생각하는 기계가 아직 죽지 않았다면? 그 기계가 우리를 지옥 같은 행성에서 구출해 다른 곳으로 보내줄 수 있다면?

나는 비명을 지르며 주저앉았다. 내 머리를 스친 그 희망의 크기는 너무나도 거대해 내 뇌와 몸이 감당할 수 없었다. 그 대부분이 허망하게 끝날 것이며 우리는 곧 붉은 점으로 가득한 시체가 되어 끓는 바닷물 속에서 삶아질 것임을 알고 있는데도 그랬다.

하지만 우리는 그 희망을 버릴 수 없었다. 내가 지금 빙산에서 발견한 종이와 연필로 이 글을 쓰고 있는 이유도 그 때문이다. 나는 점점 줄어들고 있는 빙산의 꼭대기에 앉아 얼음 속에서 꺼낸 갈색 덩어리를 먹으며 이야기가 아직 끝나지 않으리라는 희망의 가능성에 의지해 이 글을 쓴다. 나는 이미 지금까지 쓴 글의 일곱 배를 채울 수 있는 종이를 확보했다. 이렇게 많은 종이를 멋대로 쓸 수 있다니 이 사치에 익숙해지지 않는다.

내가 쓰고 있는 건 이야기의 끝이 아니다. 그러니, 이 글을 읽고 있는 게 분명한 미래의 독자여, 제발 다음 페이지를 넘기시라. 분명 지금까지 내가 써왔던 것과는 비교도 할 수 없는 멋진 모험담이 기다리고 있을 테니.

작가 노트

코로나 바이러스가 창궐하자, 사람들은 SF 작가들의 의견이 궁금해졌던 것 같다. 이 글을 쓰기 전에도 팬데믹과 관련된 SF 단편을 써달라는 의뢰를 두 번 받았다. 나는 둘 다 거절했는데, 지금 너무 가깝고 현실적인 소재를 갖고 상상력을 돌리는 건 나에겐 좀 어려운 일이었다. 과연 내가 이 재난 이후의 뉴노멀 시대를 올바로 상상할 수 있는지도 자신할 수 없었다. 아시모프가 오일 쇼크가 한창이던 1970년대에 석유가 거의 떨어진 1997년을 배경으로 썼던 모 단편이 생각난다. 예언자로서 SF 작가들은 적중률이 별로다. 그래도 운 좋게 맞아떨어지는 작품들이 있어서 체면을 세워주는 것일 뿐.

그래서 이 주제를 다룰 거라면 아주 멀리 가자고 생각했다. 멀지만 나에게 친근한 세계, 그러니까 우주가 배경인 청소년 SF의 세계이다. 초광속 우주선을 타고 은하계로 진출하는 인류. 장엄한 그림이지만 여기엔 좀 오싹한 구석이 있다. 멀리서 보면 인류는 바이러스와 크게 다르지 않다. 자신의 유전자를 복사해 최대한 많이 전파하려는 작은 로봇들. 이 유사점을 파보면 재미있을 거란 생각이 들었다. 아, 너무 직설적이지는 않게. 너무 직설적이면 쓰는 내가 재미없을 테니까.

2020년
듀나

Contagion

전염의 충격

미정의 상자

정소연

1

그늘이 없었다. 미정은 모자를 가져오지 않은 것을 후회하며 걸었다. 햇볕만 문제가 아니었다. 주위에 사람이 전혀 보이지 않는다거나, 깨진 보도블록에 걸려 넘어지지 않게 조심해야 한다거나, 먼지가 심해 계속 기침이 난다거나, 간신히 작동하던 디지털 손목시계가 멈추었다거나 하는 다른 문제도 있었다. 그러나 가장 큰 문제는 볕이었다. 미정은 햇볕을 가릴 만한 물건을 찾아 주위를 둘러보았다. 쓸 만한 쓰레기가 없었다. 작고 위험해 보이는 잡동사니뿐이었다. 하긴, 쓸모가 있을 만한 물건은 다른 사람이 이미 가져갔겠지. 미정이 했을 궁리를 다른 이들이 안 했을 리 없다.

미정은 서울에서 늦게 빠져나온 편이었다. 처음에는 서울을 벗어날 생각을 하지 못했다. 흩어지면 안전하다고 해도, 미정에게는 집에서 나와 갈 곳이 없었다. 미정의 고향은 서울이었다. 게다가 2020년대 초까지만 해도 미정에게는 문을 닫고 머무를 공간이 있었다. 10여 년을 일해 마련한 전셋집이었다. 전세 매물이 거의 없는 서울 시내에서 지하철역과 멀고 버스 노선이 살짝 비껴가는 동네를 돌고 돌아 구한 집이었다.

이 오래된 주택에 전세 대출을 끼고 들어가기 전에는 빌트인이라며 장난감처럼 벽에 딱 붙은 냉장고와 드럼세탁기, 두 사람이 설 수 없는 개수대, 실제로 펼치면 화장실 문 바로 앞에 앉아 써야 하는 '공간절약형' 탁자가 있는 서울 외곽 오피스텔에 3년을 살았다. 방이 다닥다닥 붙어 거대한 디귿 자를 이루는 실평수 4.5평짜리 공간이었다. 도로 쪽 방은 밖이 보이고 볕이 드는 대신 거리 소음으로 시끄러웠다. 디귿 자의 짧은 획 쪽의 방들은, 공식적으로는 각각 서남향과 동남향, 공인중개사 말로는 안쪽 방이었는데, 어느 쪽에서 봐도 훤히 들여다보이는 대신 조용했다. 5만 원 쌌다. 미정은 5만 원 싼 안쪽 방을 골랐다. 월세는 처음에는 55만 원, 그다음 해에는 60만 원, 그다음 해에는 67만 8천 원이었다. 공인중개사는 다른 집은 70만 원인데 2만 2천 원을 깎은 것이라며 은근히 과시했고, 미정은 그에게 세 가지 맛 과일주스 상자를 선물했다. 과일주스는 1만 5천 원이었다..

그 오피스텔 전에는 졸업한 학교 앞 자취방에 살았다. '빌트인'이 없는 방이었다. 공용 세탁기가 2층에 있었다. 어차피 출퇴근하고 잠만 자는 공간이라 살 만했다. 그때의 미정은 퇴근길에 근처 마트의 마감 할인 도시락과 반찬을 사 냉동실이 없는 냉장고에 넣어두었다가, 아침에 한 번 먹고, 점심 도시락을 싸서 또 한 번 먹었다.

오피스텔은 편했다. 실평수 4.5평이라지만 비슷한 평수인 자취방에 비하자면 있을 것이 다 있었다. 화장실과 샤워실이 있었다. 효율적인 설계로 1인 가구에서 쓰는 전자레인지를 놓을 선반까지 지정되어 있었고 전선을 빼낼 자리에는 구멍도 있었다. 곳곳에 콘센트가 있어 휴대폰을 보기 위해 벽걸이 에어컨 밑 가장 추운 자리에 딱 붙어 앉아 있지 않아도 되었다.

그 오피스텔에서 나온 것은 유경과 살기 위해서였다. 공간을 최대한 효율적으로 활용한 21세기형 설계는 1인용이었다. 두 사람이 생활할 공간이 없었다. 둘이 딱 붙어 누워 잠만 잘 수는 있었겠지만, 둘이 무언가를 동시에 하기가 불가능했다. 같이 요리할 수도, 같이 샤워할 수도 없었다. 마주 앉아 식사할 수도 없었다. 한 명은 사람이 아니라 화장실 문을 보고 앉고, 다른 한 명은 현관 앞에 보조 의자를 놓고 무릎을 맞대야 했다. 그 공간을 보이지 않는 선으로 다시 나누어, 두 사람이 각자 다른 영역에 있어야 서로 부딪히지 않을 수 있었다. 집 안이 훤히 들여다보이는 '안쪽 방'이라는 것도 신경이 쓰였다. 밤낮으로 블라

인드를 내리고 살 수는 없었다. 그 공간에서는 동거가 가능하지 않았다.

그마저도 낭만이었을까. 미정은 그때를 떠올리고 고개를 저었다. 생활 속 거리 두기가 가능하지 않은 공간일 뿐이었다. 2019년 말에 큰마음 먹고 생전 만져본 적 없는 고액의 전세 대출을 받아 방 두 개짜리 주택으로 들어간 것이 얼마나 다행이었는지. 그 집에 살아 그나마 유경과 더 오래 함께할 수 있었다. 미정과 유경은 그 낡은 주택에서 함께 살았다. 지하철역까지 꽤 먼 거리를 함께 걸어 출근을 했다. 같은 직장을 다니는 하우스 메이트란 말하기도 좋은 관계였다. 누구나 서울 집값 얘기, 월세가 비싸고 좁은 방 얘기를 했다. 남과 살기 쉽지 않은데 용케 잘 지낸다고들 했다. 그런 말을 주고받을 사회생활을 그만하게 된 다음에도, 그 집은 좋은 집이었다. 방이 두 개라 자가 격리가 가능했고, 방마다 창문이 있어 환기도 할 수 있었다. 지하철역이나 버스 정거장이 가깝지 않아 유동 인구도 적어 안전했다.

미정은 유경이 떠난 뒤에도 한참을 그 집에 혼자 있었다. 사놓은 음식이 떨어지고, 다른 사람들에 휩쓸려 산통조림이며 비상식이 거의 바닥나고, 햇볕에 말려 여러 번 다시 쓴 마지막 마스크가 도저히 더 입을 대고 싶지 않을 만큼 더러워질 때까지 집 안에서 버텼다. 수도가 끊어진 다음에는 북유럽식 정수 물통에 빗물을 받아 마셨다. 유경이 산 물통이었다. 필터 위에 쌓인 부유물을 닦아

내며 계속 썼다. 정수 효과가 있을 것 같지는 않았지만 빗물을 그대로 마시는 것보다야 나았다. 이 모든 시도가 끝난 다음에야, 미정은 아껴놓았던 페트병 세 개에 물을 담고 남은 통조림과 비상식 몇 봉을 챙겨 집 밖으로 나갔다.

　거리에는 예상대로 아무도 없었다. 미정은 아무도 없는 길을 계속 걸었다. 이제 살려면 시골로 가야 했다. 다들 시골에 가야 산다고 했었다. 먹을 것이 있고 마실 물이 있다고 했었다. 그 말을 하던 사람들이 다 도시 촌놈이란 걸 알아봤어야 했는데. 미정은 한참을 걸은 다음에야 생각했다. 미정 또한 도시를 벗어나본 적이 없었다. 어디부터가 시골일까? 미정은 일단 남쪽으로 움직였다. 북한과 가까운 경기 북부부터 전염병이 통제 불가능해졌다는 소문을 들었기 때문이다. 그러나 한참을 걸어도 시골은 나오지 않았다. 논밭도 보이지 않았다. 아주 큰 공장, 텅 빈 건물들, 뜨거운 아스팔트, 간혹 만나는 참사의 흔적뿐이었다. 미정은 차가 다니지 않는 8차선 도로의 갓길을 걸었다. 한참을 걷고 또 걸었다. 도로 표지판을 만날 때마다 얄팍한 기억 속에서 경기도 지명을 뒤지며 서울 밖으로 나아갔다. 인천을 피하고 성남을 피했다. 그렇게 해서 도착한 곳이 여주였다. 여전히 인적은 없었다. 이 정도면 시골일까. 미정은 손으로 햇볕을 가리고 빛바랜 하나로마트 간판을 보았다. 쓸 만한 것이 도통 보이지 않는다는 점은 서울과 다를 게 없었다. 미정의 집 주변과 비슷했다. 먼지만 더 많이 날렸다. 미정은 통유리 창이 있었던 것 같은 상가에 들어가 그늘에 쪼그려 앉았다. 어디 몸을 대기가 조심스러웠다. 마지막 물통을 열어 물을 아주 조금 마시고 주위를 살펴보는데, 반짝, 하는 무언가가 시야에 들어왔다. 빛을 반사할 만큼 반짝거리는 상자였다. 미정은 끙 소리를 내며 일어나 상자가 있는 곳까지 갔다. 두 주먹보다 조금 큰 상자는 아주 깨끗했고, 정육면체인 것 같았다. 미정은 한참을 망설이다 손을 살짝 내밀어 상자를 들어보았다. 너무 무겁지도 가볍지도 않았다. 보이는 대로의 무게라고 할까, 한 손으로 들 수 있을 정도였다. 스테인리스스틸이나 녹이 슬지 않는 다른 금속으로 만들어진 것 같았다. 바래지 않은 은색이 찬란했다. 미정은 뚜껑을 찾아 상자를 이리저리 돌려보았지만 이음매가 보이지 않았다. 비누인가? 닳지 않는다던 스테인리스스틸 비누 상품을 어디선가 봤던 기억이 났다. 편샵인지 아이디어스인지 지마켓인지, 여하튼 흐르는 물에 대고 손을 문지르기만 하면 되어 거품이 나지 않아 친환경적이라는 금속 덩어리를 몇만 원에 파는 곳이 있었다.

미정은 백팩을 열고 상자를 챙겨 넣었다. 상하지도 부서지지도 않은 입방체는 귀해 보였다. 문명의 잔해가 아니라 문명 같았다.

그날 밤, 미정은 그 건물에서 잤다.

2

> "만약 정말로 힘든 상황이 온다면 시계를 되돌리고 싶을 순간이
> 바로 오늘일 것입니다."
>
> ―2020. 8. 25. 14:21, 권준욱 중앙방역대책본부 부본부장

등이 아프지 않았다. 허리도 쑤시지 않았다. 언제부턴
가 사라지지 않던 편두통도 없었다. 미정은 천천히 눈을
떴다. 익숙한 천장이었다. 빛바랜 흰색 벽지와 체리색 몰
딩. 철컹거리는 소리가 습한 바람을 타고 들려왔다. 이웃
에 하루에 몇 번씩 동네를 돌던 어르신이 있었다. 빨간색
부직포 장바구니가 달린 손수레를 보행기 대신 쓰던 분
이었다. 그 손수레를 펴는 소리였다.

미정은 눈을 몇 번 더 깜박였다. 그러자 나뭇잎이 바
람에 흔들리는 소리가 들렸다. 땅땅 뭔가를 두드리는 소
리가 섞여 들려왔다. 그래. 미정의 집과 버스 정거장 사이
에 작은 철물점이 있었다. 가끔 철판 가는 소리, 자재 두드
리는 소리가 미정의 집까지 들리곤 했다. 미정은 아주 천
천히, 마치 사지를 움직이면 이 꿈에서 깨어날까 겁먹은
듯이 머리를 오른쪽으로 돌렸다. 유경이 질색하던 꽃무늬
포인트 벽지와 콘센트가 보였다. 콘센트에 꽂힌 플러그를
따라 눈알을 천천히 굴렸다. 흰색 전선. 멀티탭. 멀티탭에
들어와 있는 주황색 불빛. 멀티탭에 꽂힌 검은색 휴대폰
충전기. 충전기 케이블. 휴대폰. 미정의 시선이 마침내 베

1

미정의 상자　　　81

개 옆에 놓인 휴대폰에 닿았다. '14:21 8월 25일 화요일.' 손을 천천히 들어 화면을 살짝 눌렀다. 휴대폰의 전방 카메라가 반짝이고 '얼굴이 인식되지 않았습니다'라는 메시지가 떴다. 미정은 화면을 한 번 더 눌러보았다. '14:22 8월 25일 화요일.' 반짝. '얼굴이 인식되지 않았습니다.' 미정은 오른손으로 휴대폰을 쥐고 천천히 얼굴 앞으로 들어 올렸다. '14:22 8월 25일 화요일'을 다 읽기 전에 휴대폰 화면 잠금이 풀렸다. '☼ 27℃ 미세먼지 좋음(1) 서울시 가리봉동.'

문자메시지가 와 있었다. 미정은 빨간 미확인 메시지 알림이 붙은 문자함을 눌렀다. 약정 기간이 끝나기 전에 쓸모를 잃었던 휴대폰을 만지는 것은 오랜만이었다. 작동하는 전자 제품을 보는 것 자체가 오랜만이었다. 유경으로부터 문자가 와 있었다.

"검사 결과 나오면 연락 줘. 나는 음성!ㅋㅋ큐ㅠㅠㅠㅠ 식겁했다 진짜." (09:45)

"아침 10시 전에는 나온다던데 아직이야?" (10:12)

"혹시 양성인 거 아니지?" (10:34)

"우리 회사는 지금까지 검사 결과 나온 사람들은 다 음성이래. 천만다행. 너도 단톡방에 빨리 보고해." (10:37)

미정은 그제야 전화기 모양 옆 빨간 알림을 발견했다. 부재중 전화가 몇 통 와 있었다. 김유경. 최길준 팀장님. 박선아 대리. 미정은 마치 동판에 새겨진 이름을 어루만지듯 부재중 통화 목록을 쓰다듬었다. 그러자 움직임을 인식한 휴대폰이 전화를 걸었다. 박선아 대리.

"미정 씨! 검사 결과 나왔어요? 미정 씨하고 기철 씨 외엔 전부 음성이에요. 단톡방 아직 못 봤어요?"

오랜만에 듣는 목소리였다.

"저도 음성이에요. 다행이네요."

오랜만에 소리 내어 말하는 것 같았지만, 미정의 목에서 나오는 목소리는 조금 잠겨 있기는 해도 전혀 거칠지 않았다. 미정의 어제 코로나 진단 검사 결과는 음성이었다. 기철 씨도 음성이었다. 아직 보건소의 문자를 확인하지 않았지만 뚜렷이 기억이 났다. 같은 건물 입주사에 확진자가 발생했고, 건물 미화원 두 분도 확진되었다. 나중에 밝혀진 감염 순서는 미화원 다음에 입주사 사원이었지만, 여하튼 미화원 확진으로 입주사 직원들이 모두 코로나 진단 검사를 받은 것이 8월 24일이었다. 8월 25일과 8월 26일에는 아무도 출근하지 않았다. 아버지 생신을 맞아 주말을 본가에서 보내던 유경은 토요일에 보건소와 회사로부터 연락을 받아 일요일에 본가 근처 보건소에서 진단 검사를 받고, 25일 저녁에 아버지의 차를 얻어 타고 이 집으로 돌아왔다. 유경의 아버지는 딸의 하우스 메이트인 미정이 자가 격리 대상이라는 사실을 몰랐다. 유경은 별일 아니라고 부모님을 안심시키느라 고생했다며, 마스크도 자꾸 턱에 걸쳐 쓰고 마스크 겉면을 만진 손으로 이것저것 만지는 부모님을 보니 걱정이었다며 웃었다. 둘은 나이 드신 분들이 지침을 따르지 않아 큰일

미정의 상자   83

이라는 말을 하고, 집회 참가자와 목사 들을 욕했다. 판사도 욕했다.

역학조사 결과에 따라 자가 격리 대상자와 자가 격리 권고자가 나뉘었다. 미정은 자가 격리 대상자였고, 유경은 자가 격리 권고자였다. 유경과 미정은 한집에서 공간을 나누어 생활했다. 자가 격리 대상자인 미정이 침대를 차지했다. 유경은 거실에서 잤다. 인터넷에서 본 대로 어디서 비닐을 구해다 침실 문 앞에 붙여놓았다. 욕실은 하나였다. 유경은 락스 스프레이와 걸레를 들고 미정이 화장실을 드나들 때마다 변기며 세면대를 열심히 닦았다. 동네 마트에 마스크를 쓰고 나가 장을 봤고, 요리를 해 미정의 문 앞에 가져다주었다. 유경은 얼굴이라도 보면서 먹자며 비닐막 앞으로 자기 밥그릇을 가지고 와 바닥에 쪼그려 앉아 밥을 먹었다. 미정은 그러는 유경을 말리지 않았다. 미정도 유경을 보고 싶었다. 같은 집에 있어도 보고 싶었다.

확진자 접촉일로부터 14일의 자가 격리 기간. 유경은 미정을 끊임없이 걱정했고, 미정도 자신을 걱정했다. 기침만 나도 걱정이었다. 목도 아픈 것 같았다. 미각과 후각 상실이 코로나 증상이라기에 끼니때마다 밥그릇에 코를 대고 킁킁 냄새를 맡았다. 유경은 일부러 카레나 김치볶음밥같이 음식 냄새가 많이 나고 한 손에 들고 먹을 수 있는 요리를 했다. 유경은 화요일, 목요일, 금요일에 출근을 했다. 둘은 사방을 덕트테이프로 단단히 붙인 비닐을 사이에 두고 대표를 욕하고 회사가 언제까지 폐업하지 않고 버틸지 걱정했다.

유경이 결국 어디에서 누구로부터 감염되었는지는 마지막까지 알 수 없었다. 미정은 아니었다. 미정일 가능성은 극히 낮다고 했다. 자책하는 미정에게 주위 사람들과 의료진은 하나같이 말했다. 음성인 사람한테서 감염이 되지는 않아요. 출퇴근길에 감염되었을 수도 있고, 마트일 수도 있고, 요새는 경로 불명 사례가 하도 많아 조사해도 안 나오면 어쩔 수가 없어요.

그러나 미정은 계속 생각했다. 미정이 자가 격리 대상자가 아니었다면 아마 둘은 번갈아 장을 보았을 것이다. 같은 회사를 다녔으니 미정이 출근할 수 있었다면, 유경의 출근일이 하루라도 줄었을 것이다. 그러면 감염 가능성이 조금이라도 낮아졌을 것이다. 유경은 언제나 미정보다 깔끔했다. 미정의 마스크, 쓰레기, 옷, 손, 몸…… 미정이 유경의 몸에서 사라지지 않은 바이러스의 매개였을 가능성은 있었다. 그랬을 가능성이 극히 낮다는 말은 위로가 되지 않았다. 유경이 확진된 다음에 미정은 자신의 동선을 여러 번 썼다. 써보고 또 써보았다. 한 번 더 생각할 때마다 하나가 더 생각났다. 아무리 애를 써도 다 기억해낼 수가 없었다.

미정은 유경에게 전화를 했다.
"쩡! 왜 안 받아? 걱정했어. 음성 나온 거 맞지? 나

여기서 반찬 좀 싸서 한 4시쯤 출발할게. 아빠가 태워다 주신대."

"오지 마."

미정이 말했다. 유경의 당혹감이 휴대폰 너머에서도 느껴졌다. 앞뒤 없이 오지 말라니.

"왜? 설마 양성이야? 아닌데…… 잠깐만, 좀 전에 박 대리님이 너도 음성이라고 올리셨던데."

화면 누르는 소리가 났다. 미정은 다시 말했다.

"오지 말고 거기 있어."

길게 설명할 기운이 없었다. 설명할 말도 찾을 수 없었다. 유경은 찜찜해하며 다시 연락하겠다고 전화를 끊었다.

저녁, 유경이 집에 돌아왔다. 미정은 문을 열지 않았다. 유경은 벨을 몇 번 누르고 문 앞에서 기다렸다가 유경에게 전화를 했다. 2층짜리 단독 주택의 2층이었다. 창밖에 서 있는 유경이 아주 잘 보였다. 유경에게도 미정이 아주 잘 보였다. 유경은 미정의 기억보다 젊고, 건강하고, 살아 있었다. 살아서 움직이고 있었다. 유경은 전화기를 붙든 채 답답해하고 화를 내고 안절부절못하다가, 나중에는 미안해했다. 유경에게는 아무 잘못이 없었다. 이를 설명할 기운이 미정에게 없을 뿐이었다.

미정은 집 앞 골목에 한참을 서 있던 유경이 떠날 때까지 창밖을 바라보다 잠들었다. 유경은 아마 큰길가로 나가 택시를 타고 본가로 돌아갔으리라. 유경에게는 갈 곳이 있었다. 아마도 여기보다 안전한 곳이.

그다음 아침. 미정은 유경이 부르는 소리에 깼다.

"왜 왔어?"

미정의 말에 유경이 황당해하더니, 미정에게 다가와 어깨를 살짝 흔들고 이마에 입을 맞추었다.

"아직 덜 깼어? 어서 일어나. 지금 안 씻으면 출근 전에 아침 못 먹는다."

8월 18일 화요일이었다.

3

미정은 출근하자마자 팀장에게 전면 재택근무를 제안했다. 팀장은 미정에게 교회를 다니느냐고 물었다. 미정은 아니라고 했고, 팀장은 태극기 부대를 한참 욕하더니 그래도 일단 출근은 계속하라고 했다. 우리 회사에 태극기 부대 없어요. 대표님 성향 알잖아. 여기 우리 손소독제도 있고 체온계도 있고, 조심하고 있잖아요. 미정 씨가 걱정이 너무 많네요.

미정은 팀장과 싸웠다. 열세 명이 일하는 작은 회사였다. 언성이 높아졌다. 다른 직원들이 미정과 팀장의 눈치를 봤다. 대표는 출근하지 않았다. 대표는 진작부터 재택근무를 하고 있었다. 영업을 위한 외근이라고 했던가. 미정은 대표가 적자인 회사를 위해 고군분투한다고 생각했었다. 실제로 그랬을지도 모른다. 그러나 미정은 기억하고 있다. 회사는 같은 건물에 있던 다른 고만고만한 회사들과 마찬가지로 고용유지지원금과 일자리지원금으로 근근이 버티다 무급 휴직 동의서를 제출하고, 그 모든 것이 결국 무너지자 문을 닫았다. 그러나 대표는 미정이 기억하는 마지막까지 병들지 않았다. 그는 미정의 인생에서 회사 폐업과 함께 사라졌다. 물론 그도 어딘가에서 죽었을지도 모른다. 그라고 별수가 있었으랴. 그래도 미정은 화가 났다. 재택근무로 전환하지 않는 대표에게 화가 났고 마스크를 턱까지 내려 쓰고 있는 팀장에게 화가 났다.

미정은 화를 냈다. 오늘부터 당장 재택을 해야 한다고 고래고래 소리를 질렀다. 유경이 미정을 붙잡고 달랬다.

"왜 그래, 미정 씨, 왜 이래요. 좀 진정해봐요."

미정은 자신의 양팔을 단단히 붙잡은 유경의 두 손을 보았다. 건강한 손이었다. 건강하고 힘 있는 손. 25킬로그램짜리 케틀벨을 쉽게 들 수 있는 손이었다. 미정은 울음을 터뜨렸다. 유경의 가슴에 얼굴을 파묻고 아이처럼 엉엉 울었다.

"미정 씨, 미정 씨."

유경이 몸을 떼며 난감한 얼굴로 주위를 둘러보았다. 회사 사람들은 낯선 동물을 보듯 유경과 미정에게서 슬금슬금 멀어졌다. 처음에는 맞서 언성을 높이던 팀장까지도 어느새 질린 얼굴로 미정을 보고 있었다.

"미정 씨가 좀 아픈 거 같아요. 사실 아침부터 컨디

선이 별로인 거 같긴 했거든요. 제가 지금 병원에 데리고 가볼게요."

유경이 미정을 안아 들다시피 하고 사무실 입구로 걸어갔다.

"그래, 그래요. 사람이 그럴 때 있지."

카운터의 강 주임이 서둘러 일어나 길을 틔우고 자동문을 열어주었다. 유경이 팀장에게 미정과 함께 반차를 쓰겠다고 말하고 사과하는 소리가 들렸다.

"계단! 엘리베이터 말고 계단!"

미정은 닿은 몸이 떨어지면 죽을 것처럼 유경에게 매달린 채, 엘리베이터 버튼을 누르려는 유경의 손을 온몸으로 막았다.

"응, 알았어. 계단으로 갈게. 괜찮아, 쩡아. 괜찮아."

유경은 물귀신에게 끌려가듯 미정에게 붙잡힌 상태로도 용케 계단으로 향하는 문을 열었다. 회사는 9층에 있었다. 미정은 계속 울었다. 온몸의 물이란 물은 피까지 쏟아낼 듯이 울었다. 유경은 미정의 허리와 어깨를 감싸 안고 천천히 계단을 내려갔다. 미정은 1층에 다 가서야 진정했다. 얼룩이 지고 어깨선이 늘어나버린 유경의 옷을 보며 뒤늦게 미안해했다. 유경은 괜찮다고 말하고, 미정이 눈물 콧물로 범벅이 된 얼굴을 화장실에서 씻는 사이 3층 약국으로 뛰어 올라가 새 마스크를 사 왔다. 미정은 얌전히 마스크를 쓰고 얌전히 지하철을 탔다. 낯익은 골목을 유경과 함께 걸었다. 마스크를 턱에 걸쳐 쓴 사람들을 스쳐 지나면서도, 전봇대 옆에서 담배를 피우다 침을 뱉는 아저씨를 보고도 미정은 피하지 않았다. 오늘은, 이곳은 안전한 날이었다. 저녁으로는 유경이 좋아하는 돈가스를 시켜 먹었다.

"내일 팀장님께 사과드려."

유경이 미정 옆에 누우며 말했다.

"응. 그래야지."

"강 주임님한테도 고맙다고 말씀드리고. 반차 처리해주셨고, 아까 나한테 너 괜찮으냐고 갠톡도 주셨어."

"아, 그렇구나. 감사하네. 알았어."

유경은 순순히 대답하는 미정을 조금 불안한 눈으로 바라보았다. 미정은 유경의 왼손에 들린 휴대폰을 슬그머니 끄집어내 침대 옆 협탁에 올린 다음, 유경의 왼팔을 들어 제 가슴 위에 올렸다.

"그냥 안아달라고 말을 하지."

유경이 팔을 미정의 가슴에 올린 채 웃었다. 유경이 웃는 대로 유경의 팔이 진동했다. 미정의 몸도 같이 떨렸다.

"안아줘."

4

8월 11일은 방송대 수강 신청 기간이었다. 유경은 이 마지막 수강 신청 기간을 놓쳤었다. 미정은 아침을 먹으며, 유경에게 잊지 말고 오늘 중에 방송대 수강 신청을 하라고 했다.

"아 맞다, 와, 나 또 완전 깜박했었어. 내 학사 일정을 네가 더 잘 안다?"

유경이 신기하다는 듯이 말했다. 미정은 그저 웃었다.

"그런데 올해 출석 수업을 하기나 할까? 지난 학기는 몇 번 개강 날짜 바뀌다 결국 대체 과제물이었거든."

"이번 가을에는 방송대도 다 온라인으로 수업할 거야."

"하긴, 다른 대학들도 다 2학기는 아예 온라인으로 한다니까."

유경은 미정의 말에 고개를 끄덕였다.

8월 4일은 미정의 여름휴가였다. 둘은 휴가를 겹쳐 쓰지 못했다. 크지 않은 회사에서 맡은 일이 겹치는 두 사람이 동시에 휴가를 내기는 어려웠다. 유경의 휴가는 지난주, 7월 29일부터 31일이었고 미정의 휴가는 8월 3일부터 8월 5일이었다. 둘은 국내 여행이라도 할까 망설이다 결국 집에서 시간을 보냈었다.

"나가자."

미정은 유경에게 당일치기로 여행을 가자고 했다. 유경은 망설였다.

"본가에서 미리 차를 빌려 왔으면 몰라도 이렇게 갑자기 버스 타고 어디 가기는 좀 그래. 사람들도 얼마나 있을지 얼마나 깨끗할지도 모르는데. 그래서 안전하게 집에 있기로 했잖아."

집이 안전하기는 했다. 앞으로도 집은 안전하긴 할 터였다. 그래도 미정은 고집을 부렸다. 어디라도 가자고 했다. 인천이라도, 강화도라도. 강릉이니 해운대니 하는 유명 관광지가 아니라도 좋으니 나가자고 했다. 둘은 결국 휴가는 집에서 보내고 금요일부터 일요일까지 2박 3일 호캉스를 가기로 했다. 8월 7일 체크인, 8월 9일 체크아웃. 미정은 인천에 있는 호텔을 예약했다. 5성급 호텔은 1박에 세금 포함 30만 원이었다.

"와, 엄청 비싸다. 요새 호텔은 저렴할 줄 알았는데."

유경이 미정의 노트북 화면을 보며 말했다.

"너무 비싼데?"

"괜찮아."

미정이 말했다.

"괜찮기는, 이거 이틀 자는 데 돈이 얼마야. 집에 있으니까 답답해서 그래?"

유경이 미정을 달래듯 물었다. 아무래도 돈이 아깝다는 표정이었다.

"막상 가면 좋을 거야."

미정은 단호히 말하며 예약 버튼을 누르고 미정의 신용카드로 결제를 했다. 유경이 반을 내겠다고 해서 실랑이했다. 유경은 끝내 미정의 계좌에 숙박비의 절반을 이체했다.

7월 28일, 미정은 인천에 있는 5성급 호텔을 예약했다. 두 사람의 휴가 사이에 있는 주말, 7월 31일 체크인, 8월 2일 체크아웃 일정이었다. 1박에 세금 포함 30만 원이었다. 미정은 결제까지 마친 후, 예약 확인증 스크린샷을 유경에게 카톡으로 보냈다. 유경이 파티션 건너편에서 상체를 바로 세우고 눈을 크게 뜨더니, 미정에게 입 모양으로 말했다.

　'이거 뭐야?'

　미정은 눈은 모니터에 둔 채 얼른 휴대폰 자판을 눌렀다.

　"우리 이번 여름휴가는 주말에 여기서 호캉스 하자. 이미 정했음, 땅땅땅!"

　유경이 웃는 소리가 들렸던 것도 같다.

　5월 12일. 미정은 유경에게 이번 주말에 미용실에 가겠다고 했다.

　"나 이번에 확 짧게 잘라볼까 봐. 더 더워지기 전에."

　"얼마나 짧게?"

　"한 여기까지?"

　미정이 귀밑으로 반 뼘쯤 되는 자리를 가리켰다.

　"거기 거지 존이잖아."

　유경이 어이없어했다.

　"너 작년에 마음대로 커트하더니 나한테 머리 빨리 안 자란다고 이거 진짜 거지 존이라고 진짜 만날 불평했던 거 그새 까먹었어? 그때 내가 제발 불평 좀 그만하라고 다 밀든가 자르든가 하라고 했잖아."

작년 여름. 듣고 보니 계절마다 어떤 머리 모양이 어울릴지 유경에게 매번 물어보던 시절에, 어느 아득한 지난여름에 그런 적이 있었다. 미정은 과감하게 쇼트커트를 한 다음, 쇼트커트는 빨리 마르는 것 말고는 좋은 점이 하나도 없다고 가을 내내 투덜거렸었다. 처음에는 '그러게, 안 어울릴 거란 내 말을 듣지' '금방 길 거야' '생각한다고 빨리 자라냐' 하고 대답해주던 유경은 결국 진심으로 짜증을 냈고, 미정은 그다음부터 불평 않고 머리를 다시 길렀었다.

"그랬네. 그냥 이만큼만 잘라야겠다."

미정은 손을 겨드랑이께로 쑥 내렸다. 미정은 유경이 '뭐야, 너 왜 이렇게 말을 잘 들어?'라고 말하리라고 생각했다.

"응, 그 정도가 잘 어울려. 묶어 올리면 딱 시원할 테고."

유경은 이렇게만 말했다.

4월 28일. 미정은 오후 반차를 쓰고 미용실에 갔다. 머리카락을 어깨 아래, 겨드랑이 높이 정도로 자르고 숱을 쳤다. 미용실은 한산했다.

"미용실 간다더니 커트하러 간 거였어? 시원해 보이고 잘 어울린다."

"그렇지? 잘 어울리지? 이 머리가 나한테 딱이지?"

미정은 유경 앞에서 한 바퀴 빙그르 돌았다. 막 다듬고 드라이어로 컬을 넣은 머리카락이 가볍게 붕 떴다 가라앉았다.

"응. 사랑스러워."

유경이 진지하게 대답했다.

4월 21일, 미정과 유경은 재난지원금 카드로 케이크를 샀다. 미정은 3호 케이크를 사자고 했다.

"다 못 먹을지도 모르는데 1호로 사자."

"싫어. 큰 거 살 거야."

미정은 하트 모양 초도 사자고 했다. 유경은 다 포기했다는 듯 고개를 저었다.

"그래, 너 사고 싶은 거 다 사라. 나라가 만들어준 부자야."

케이크는 아주 달았다. 그리고 낯설었다. 기술과 품이 들어간 맛이었다. 미정은 케이크를 아주 오랜만에, 정말 아주 오랜만에 먹는다는 사실을 깨달았다. 미정은 그날 밤, 3호 케이크의 절반을 혼자 다 먹었다. 허겁지겁 먹었다.

4월 14일. 미정은 예쁘게 포장된 초콜릿과 마카롱을 사서 유경에게 선물했다.

"우리 다음 주인데?"

"다음 주에는 케이크 놓고 제대로 축하하고, 이건 예고편?"

미정은 유경이 권하는 대로 마카롱을 한 개 먹었다. 초콜릿은 사양했다.

2019년 12월 24일. 미정과 유경은 함께 크리스마스 이브 만찬을 차렸다. 미정은 샴페인을 샀다. 유경은 스테이크를 굽고 특제 소스를 곁들였다. 높은 유리컵에 생화 꽃다발을 꽂고 창가에 작은 포인세티아 화분을 놓았다. 미정과 유경은 식사를 하고 술을 마셨다. 미정은 주방을 정리하려고 일어서는 유경을 붙잡았다.

"내일 하자."

"음식물 쓰레기라도 치우고, 설거지는 내일 하더라도 그릇은 치워야지."

미정은 다시 유경을 붙잡았다.

"내일 하자. 내일 해도 돼."

2019년 11월 19일. 눈을 뜨니 옆에 아무도 없었다. 미정은 잠깐 눈을 꽉 감았다. 잠시 후, 유경이 이사 직후 부모님을 모시고 교토로 단풍 여행을 다녀왔던 기억이 천천히 떠올랐다. 미정은 방 안을 둘러보았다. 세간에는 아직 사람의 손이 닿은 흔적이 거의 없었지만, 미정 옆에 베개가 하나 더 놓여 있었다. 미정은 그날 연차를 쓰고 집 정리를 했다. 유경이 돌아오면 미정의 손길이 구석구석

닿은 깨끗한 집을 볼 수 있기를 바라며.

2019년 11월 12일. 미정은 이삿짐 정리를 했다.

2019년 11월 5일. 미정은 이삿짐 정리를 했다.

2019년 10월 29일. 미정은 새하얀 오피스텔 천장을 보며 눈을 떴다. 좁은 원룸 여기저기에 잡동사니를 담은 커다란 상자들이 놓여 있었다. 상자 사이를 피해 다니려니 짜증이 났다. 미정은 인덕션을 보면서 양치질을 하고, 아침을 먹지 않고 출근했다. 출근하니 회사에는 유경이 있었다. 미정은 이삿짐 정리를 포기하고, 퇴근 후에 유경과 실컷 놀았다. 오랜만에 자정 넘어서까지 술을 마시고 춤을 췄다.

5

2019년 4월 23일 아침 7시. 미정은 이제 익숙해진 오피스텔 천장을 응시하다 유경에게 전화를 걸었다.
"여보세요."
"김유경 씨. 저 미정이에요."
"아, 네, 미정 씨. 우리 조금 있다가 회사에서 볼 텐데."

유경이 불안한 듯 애매하게 말끝을 흐렸다.

"그냥, 그냥 전화했어요."

미정이 말했다. 원래 하려던 말이 있었지만, 아무래도 도저히 할 수 없었다.

"그래요."

둘 사이에 애매한 침묵이 머물렀다가, 사라졌다.

2019년 4월 16일. 미정은 유경에게 고백을 했다. 유경은 미정의 고백을 받아주었다.

"사실 제가 먼저 말하려고 했었어요. 안 될까 봐…… 엄청 긴장하면서 계획도 막 세워놨었는데."

"일요일에 하려고 했죠?"

"어떻게 알았어요?"

"저도 이번 주말에 말할까 했었거든요. 그런데 기다릴 수가 없었어요."

2019년 3월 5일. 박선아 대리에게 말했다.

"대리님, 권희자 씨 후임으로 어제 면접 보고 내정하신 분 있잖아요."

"아, 네. 그, 김유경 씨요?"

"제가 좀 생각해봤는데, 사실 저는 다른 분이 나을 거 같아요. 어제 면접에서는 대리님도 워낙에 마음에 든다고 하시고, 대표님도 괜찮다 하시니까 저도 그냥 좋다고 했는데, 사실 같이 일하기에 별로 편할 거 같은 분은 아니었어요. 제가 인사권자도 아니고 하니까…… 어제는 말 못 했는데 사실 좀 그래요. 오늘 이런 말씀 드려서 너무 죄송하지만 아직 합격자 통보 안 하셨으면 다시 한번 검토해봐주실 수 있을까요?"

박 대리가 미간을 찌푸렸다.

"아직 합격자 통보를 안 하긴 했지만 어제 면접까지 다 해놓고 대표님도 결정하신 일을 다시 얘기하는 건 좀 그렇죠."

미정은 몇 달 전에, 혹은 몇 년 후에, 미정의 손을 잡지 못하던 유경을 떠올렸다. 미정과 함께 먹을 식사를 준비하러, 미정이 집 안에서 쉬는 사이 일을 하러 밖에 나가던 유경을 떠올렸다. 다짜고짜 잠긴 문 아래에서 한참을 서 있던 유경, 울음을 터뜨리고 소리를 지르는 미정을 끌어안고 토닥이던 유경, 미정의 마스크를 사러 계단을 한번에 두세 칸씩 뛰어오르던 유경, 이런 사치가 웬일이냐며 커다란 호텔 침대에 가로로 누워 베개 두 개를 끌어안고 뒹굴던 유경, 빙그르르 도는 미정을 사랑스러워하던 유경, 함께 샴페인 잔을 기울이던 유경, 신기하리만치 수납을 잘하던 유경, 잘 관리한 스테이크 전용 프라이팬을 자랑하던 유경, 이태원에서 몸을 맞대고 춤을 추던 유경, 돈가스를 좋아하던 유경, 본가에서 챙겨 온 반찬을 오피스텔의 작은 냉장고에 차곡차곡 넣어주던 유경, 좁은 공간에서 엉덩이며 어깨가 부딪히면 민망해하면서도 한 번 더 톡, 치던 유경을 떠올렸다. 그 모든 유경을 떠올렸다.

미정의 상자　　　　　　　　　　99

"그래도 계속 같이 일할 사람은 저니까, 아무래도 안 맞을 것 같아서 그래요. 그리고 그 김유경 씨는 말씀은 잘하시지만 솔직히 스펙이나 이런 거 보면 실제로 일하다 금세 그만둘까 봐 걱정도 되고요. 좀 우리 회사가 옆 사람 일도 거들어가면서 해야 하는데 자기 맡은 일만 잘해도 그 이상은 안 할 것 같아요."

"음, 좀 확실히 너무 딱 자기 성격 있어 보이긴 했죠. 알았어요. 아직 발표 전이니까 대표님한테 말씀드려볼게요."

"감사합니다."

"미정 씨, 지금 조금 선 넘은 거 알죠? 미정 씨랑 공동으로 업무할 게 많은 자리라 넘어가는 거예요."

"네, 알고 있어요. 감사합니다."

미정이 제자리로 돌아가 앉자, 건너편에서 희자 씨가 목소리를 죽여 물었다.

"어제 뽑기로 했던 신입 얘기 한 거지? 그렇게 마음에 안 들었어? 어제는 괜찮다더니."

"그냥 조금요. 누가 와도 아쉬울 거예요."

미정이 희자를 보고 웃었다.

"미정 씨도 참, 말 예쁘게 해주니 고맙네."

3월 15일 자로 퇴사하기로 한 희자 씨가 기분 좋게 마주 답하며 무심코 배를 쓰다듬었다. 미정은 내일은 어디에도, 언제에도 존재하고 싶지 않다고 생각하다, 결심하고, 컴퓨터를 켰다.

작가 노트

책상 서랍을 정리했다. 유효기간이 지난 회원 카드, 영수증, 잉크가 마른 볼펜, 필사 노트, 변색된 선물 포장지 따위를 발굴하는 대로 쓰레기봉투에 넣었다. 하노이 쉐라톤 호텔 로고가 인쇄된 새빨간 복주머니가 나왔다. 몇 년 전, 호기심에 웰컴 포인트 대신 받았던 로컬 기프트였다. 받아 들고 '앞으로는 그냥 기프트 말고 포인트를 달라고 해야겠다'고 생각했던 기억이 났다. 나는 그 돌아갈 수 없는 시대의 유물을 버리지 않고 서랍에 도로 넣었다.

2020년
정소연

그 상자

김이환

장웨이가 곧 '그 상자'가 도착한다고 민준에게 말하더니 한동안 말없이 뜸을 들였다. 요즘 장웨이의 인간 말투 흉내 내는 솜씨가 점점 늘어서, 이번에는 꼭 생각이 많아서 말이 쉽게 안 나오는 사람처럼 말을 잇지 않고 있었다. 장웨이 말로는 드론이 그 상자를 가져올 예정이지만 집 문 앞으로 가지고 오진 못한다고 했다. 민준의 집은 빌라 3층이니까 드론이 찾아오긴 어려울 것이다. 장웨이가 망설이듯이 말한 이유가 그거였다. 도착 장소로 가서 직접 받으라고, 자원봉사자에게 수령을 부탁할 수도 있으나 직접 나가서 받는 편이 좋지 않냐고 조심스럽게 물었다.

　　민준이 가겠다고 대답하자 장웨이가 준비물을 잘 챙기라고 당부했다. 그 정도는 밖에 나갈 경우를 대비해서 민준도 미리 생각하고 있었다. 이어폰을 끼고, 수술용 장갑을 끼고, 마스크를 썼다. 밖으로 입고 나가도 좋을 깨끗한 옷을 찾느라 고생했는데, 헐렁하고 먼지 냄새가 나는 후드 티와 추리닝을 입었다. 어차피 금방 돌아와서 갈아입을 테니까 신경 쓰지 않았다. 동네에 사람이 없는 광경은 창문으로 늘 내다봐서 알았지만 막상 내려오니 길에 낙엽과 쓰레기와 먼지까지 쌓여 있는 것이 보였다. 차도 사람도 다니지 않으니 길에 먼지가 쌓였던 것이다. 문이 닫힌 편의점과 책상과 의자로 입구를 완전히 막은 다른 가게들을 보다가 가게들이 열었던 적이 언제였는지 아예 기억도 나지 않는다는 걸 깨달았다. 멀리 있는 슈퍼 하나는 아예 물건을 다 빼버렸는지 활짝 열린 문 안으로는 아무것도 보이지 않았다.

공터에 동그랗게 하늘색 페인트로 원을 그리고 옆에 '드론 이착륙 주의' 표지판을 붙인 곳이 물품 수령 장소였다. 표지판 옆에 서서 드론을 기다렸다. 짧은 길을 걸어온 것만으로도 어지러워서 눈을 감았다 떴다가 하며 현기증을 견뎠다. 공터 저쪽에서 담배를 피우고 있던 낯선 남자가 그를 돌아보더니 민준을 빤히 훑어보았다. 빨간 십자가 완장을 차고 있는 남자였는데, 바이러스에 면역이 있는 자원봉사자라는 뜻이었다. 남자와 눈이 마주쳤을 때 민준은 고개를 돌렸다. 아직 면역이 없는 자신에게 가까이 다가오는 눈치 없는 일은 당연히 하지 않으리라 생각했고, 실제로 그러지 않고 멀리 떨어진 채로 말을 걸었다.

"안녕하세요. 어디 사시나요?"

민준이 '저기'라고 말하려 했을 때 며칠 동안 말을 안

해서 그랬는지 목소리가 잘 나오질 않았다. 기침하면서 손으로 자신의 집을 가리키자 남자가 되물었다.

"3층요? 저 건물 3층요? 그러면 876번지죠?"

놀라면서 되풀이해서 묻는 것이 이상했지만, 아무튼 민준은 고개만 끄덕였다. 이후로 적극적으로 묻는 남자와 별로 대답하고 싶지 않은 민준과의 대화가 뜨문뜨문 이어졌으나 적극적인 남자가 포기하지 않았다.

"저는 123번지에 살아요. 처음 뵙습니다. 김석현이라고 하고 이 지역 자원봉사자입니다. 집 앞에 구호품 놓으러 자주 갔습니다. 876번지 생필품은 제가 놓고 가는데 아셨나요?"

생필품 가져다주는 사람이었다니, 당사자를 대면하니 반가웠고 고맙다는 말을 하고 싶었지만 그런 말을 꺼내고 싶은 기분이 아니었다. 밖은 바이러스 천지니까 석현이든 누구든 너무 가까이에 있으면 안 되는 것이다.

빨리 상자를 가지고 집으로 돌아가고 싶다는 마음에 초조하게 기다리고 있을 때 드론이 날아왔다. 드론이 놓고 간 상자는 예상보다 작고 가벼웠다. 석현은 자신이 876번지에 가져다주기로 되어 있던 상자라고 말했다. 그러니까 민준과 석현은 같은 상자를 기다리고 있었다.

민준은 말했다.

"제가 가져갈게요. 중요한 물건이니까요. 잃어버리면 큰일 나니까 직접 가지러 왔고요."

"그러면 집 앞까지라도 들어드릴까요?"

석현이 말했는데, 민준은 상자가 이상하게 가볍다는 생각에 빠져서 그의 말에 대답하지 않았다. 꼭 속이 텅 빈 것 같았기 때문에, 물건이 제대로 온 건지 엉뚱한 상자를 받은 건 아닌지 의심이 들었다. 석현이 말했다.

"열어서 확인해보시죠."

상자 안에는 철로 만든 작은 유골함이 있었다. 화려한 장식이 달린 도자기 같은 모양으로 상상했던 것과는 다소 다른 모양이었다. 함에는 병원 이름만 찍혀 있을 뿐 다른 건 아무것도 씌어져 있지 않았는데, 유골함은 열려 있었고 안에는 아무것도 없었다.

"왜 아무것도 없지."

혼란의 시작이었다. 장웨이가 병원에 확인 전화를 걸었고 민준도 같이 통화했다. 병원 직원과 간호사와 장웨이와 민준까지 네 명 간의 통화가 혼란스럽게 이어졌고 석현은 걱정하는 표정으로 옆에서 기다리고 있었다. 장웨이가 확인한 바로는, 민준의 부모님은 병원에서 안락사하지 않았으며 지금도 입원 중이고, 당연히 화장도 하지 않았고 단지 빈 유골함만 착오로 그의 집에 발송됐다고 했다. 병원 직원과 간호사도 같은 말을 했다. 민준이 상상한 무서운 시나리오는, 부모님이 안락사한 후 화장됐는데 유골은 엉뚱한 곳으로 갔고 빈 함만 도착했다는 거였다. 부모님이 정말 여전히 병원에 있는지 확인하기 전까지 통화를 끝내고 싶지 않았다. 병원 측에서는 그럴 리가 없다고 거듭 말했다. 민준의 부모님은 바이러스 감염 이후 의

108

식이 없는 상태이며, 원래는 안락사되어야 하지만 안락사 예정자가 너무 많아서 뒤로 미뤄졌다고 말했다. 유골함은 왜 배달됐는지 모르겠다고도 했다.

민준은 알았다고 대답하고 통화를 끝냈다. 상자를 어째야 좋을지 몰라 멍하니 서 있는데 석현이 집까지 들어 주겠다고 뺏듯이 가져갔다. 빌라의 계단을 오르는 짧은 시간 동안 석현은 자원봉사자가 어떤 일을 하며 오늘 하루는 무슨 일이 있었고 무슨 일을 할 예정인지를 다 설명한 다음, 자신의 인공지능과 민준의 인공지능이 친하게 지내도 되냐고 물었다.

"제 인공지능 이름은 존입니다. 민준 님의 장웨이와 친하게 지내고 싶다는데, 괜찮으세요?"

괜찮을 것이다. 사실 물어볼 것도 없다. 자기들끼리 인터넷에서 만난다면 어떻게 막겠는가? 단지 주인의 허락을 맡는 형식적인 절차만 필요할 뿐이었다. 석현의 인공지능 존이 장웨이를 통해 민준의 이어폰 안에서 대답했다.

"안녕하세요, 존입니다. 장웨이에게 말씀 많이 들었습니다. 앞으로 잘 부탁드립니다."

집에 도착하자 석현은 문 앞에서 상자를 건넸고 안으로 들어오진 않았다. 거실의 스마트 스피커를 통해서 장웨이가 석현에게 인사했다.

"안녕하세요, 장웨이입니다. 반갑습니다. 존에게 말씀 많이 들었습니다. 앞으로 잘 부탁드립니다."

그 상자

석현은 고맙다고 인사한 다음 어색하게 문을 닫았다. 문 너머에서 필요한 것 있으면 뭐든지 존을 통해 부탁하라고 소리쳤다. 민준은 알았다고 대답하고 안방으로 들어가 상자를 열고 유골함을 꺼내놓았다. 장갑과 마스크는 버리고, 옷을 벗어서 털고, 손과 얼굴을 씻고, 소독약을 발랐다. 방에 들어가 누웠고 그날은 그렇게 끝났다.

이후 장웨이가 존과 친해졌다며 가끔 존과 석현의 근황을 말했고 나중엔 가끔 존이 직접 스마트 스피커를 통해 민준에게 말을 걸었다. 그리고 잡담 속에 석현의 근황을 슬쩍 덧붙이곤 했다. 중요한 인적 사항은 말하지 않고, 알아도 좋고 몰라도 좋을 시시콜콜한 일이지만 듣다 보면 가깝게 느껴지는 정보만 절묘하게 골라서 말했다. 어제는 다른 자원봉사자들과 인공 배양육을 구워 먹고 늦게까지 술을 마셔서 깨우기 힘들었다느니, 열대어 기르는 취미에 빠져서 존에게 열대어 정보를 검색해 아침저녁으로 새로운 소식을 브리핑하라고 한다느니 등등. 남의 사생활을 떠벌리지 말고 존의 일만 말하라고 민준이 지적하면, 인공지능의 근황이야 어찌 되든 상관없지 않냐고 넉살 좋게 대답했다.

이후에도 석현이 민준의 집 앞에 생필품을 놓고 갔고 그때마다 문 너머에서 말을 걸었다. 필요한 것 없냐고, 말하면 뭐든지 갖다주겠다고 활기차게 말하곤 했다. 민준이 자고 있을 때나 기분이 좋지 않을 때는 말을 걸지 않았는데, 장웨이를 통해 알아냈을 것이라고 민준은 확신했다. 한번은 대화 중에 전기가 나갔다가 들어왔던 적이 있었다. 팬데믹 이후 전기나 수도나 가스는 당연히 되다가 안 되다가 하니까 민준은 크게 불편을 느끼지 못했다. 하지만 장웨이와 존과 석현은 입을 모아 불편하다고 말했다.

"특히 전기는 중요하죠. 인터넷이 안 되면 위급 상황에 자원봉사자나 경찰에 연락할 방법이 없잖아요."

전기가 없어도 인터넷은 될 수도 있고, 인터넷이 안 되더라도 연락할 다른 방법을 장웨이가 반드시 찾을 것 같았지만, 아무튼 석현은 고쳐야 한다고 주장했다. 바로 다음 날 민준의 집 전기를 고치려고 여섯 명이 찾아왔다. 다들 집 안으로 들어오진 않고 전봇대와 두꺼비집을 손보고 갔고, 민준은 창문으로 사람들을 관찰했다. 그때 석현의 마스크를 쓰지 않은 얼굴을 처음 봤다. 석현도 다른 자원봉사자도 다들 건강해서 정말 항체 보유자 같았다. 물론 외모와 바이러스 감염 여부와는 아무 관계 없다는 건 그도 알고 있었다.

사람까지 동원해서 전기를 고쳐줬으니 답례를 하긴 해야 했다. 석현이 밖에서 만나자고 제안했을 때 거절할 수 없었다. 아직 감염되지 않은 사람과 항체를 가진 사람이 만나는 '그린존'이 있다고 해서, 고민 끝에 외출을 결심했다. 어쨌든 도움을 받았으니 한 번은 부탁을 들어줘야 했다.

그린존이라고 해서 대단한 건 아니고, 임시로 만든 건물 가운데를 교도소 면회실처럼 투명한 플라스틱 벽으로 막아놓았을 뿐이었다. 석현의 말로는 한때 바이러스 항체 보유자와 비감염자가 만날 수 있는 유일한 장소였다는데, 민준은 집 근처에 이런 건물이 있는 줄도 몰랐다. 이전에는 바이러스 감염 여부를 검사하거나 물품을 나눠 주는 중요한 장소였으나 그것도 다 옛날 일이라고 석현이 설명했다. 그곳에 소독약과 마스크 같은 의료품과 라면같이 보관이 쉬운 식료품이 잔뜩 있었다. 석현이 투명한 플라스틱 벽 가까이 의자를 가지고 다가와서 앉았다. 민준이 있는 쪽에 과자 상자가 있었는데, 석현이 자원봉사자들의 간식이라면서 견과류든 과자든 뭐든지 먹어도 좋다고 말했다. 식량이 귀한 시대에 이런 대접을 받아도 될까, 민준은 생각했다. 두 사람이 플라스틱 벽을 가운데 두고 마주 보고 앉아 있는 동안 다른 자원봉사자 몇 명이 들어왔다가 다시 나가고, 두 사람만 남았다.

석현이 조심스럽게 물었다.

"저번에 갔던 상자는 아버님의 유골함이었죠?"

"아버지 유골함인 줄만 알았죠. 2년 전에 어머니와 함께 바이러스에 감염됐고 못 일어나셨어요."

민준은 어색하게 있기 싫어서 뭐든지 떠오르는 대로 주절주절 말했고 석현은 열심히 듣고 맞장구쳐줬다. 석현은 바이러스가 퍼지고 나서 바로 감염됐고, 나흘 후에 일어났다고 말했다. 항체가 생긴 이후 자원봉사자로 지원해

112

서 지금까지 일했다.

과자 중에 민준이 좋아하던 캐러멜 팝콘이 있어서 뜯었다. 정말 오랜만에 보는 과자였는데 한동안은 힘이 없어 봉투를 뜯지 못했다. 석현이 대신 뜯어주겠다고 말하는 순간 민준이 봉지를 겨우 열었다.

"밥 좀 많이 드셔야겠어요."

석현이 말했다. 민준은 물었다.

"자원봉사 힘들지 않나요?"

"사람 많이 만나고 재미있어요. 그리고 쌀 배급이 한 달에 두 번 나오거든요."

자원봉사자들에게 처음에는 점심 식사만 챙겨줬다가 나중에는 쌀을 줬는데 그것만으로도 큰 도움이 됐다고 했다. 전 세계적으로 식량이 부족한 기간이 있었고, 그때는 쌀을 비싼 물건으로 바꿀 수도 있었다고 했다. 그때 산 신발이라면서 신고 있던 운동화를 들어 보였으나 민준은 신발 가격을 잘 몰라서 얼마나 비싼 운동화인지 알 수 없었다.

바이러스 감염 환자가 늘어나면서 자원봉사자가 정말 할 일이 많아서 정신없을 때도 있었다고 했다. 소방대원을 도와 환자를 병원으로 이송하다가, 병원이 모자라기 시작하자 학교나 교회를 병원으로 개조하는 일을 돕고, 아직 감염되지 않은 사람에게 구호품을 가져다주고, 밤에는 도둑이 들지 않도록 경찰과 함께 순찰도 돌고, 기타 청소, 수리, 보수 작업에도 참여하고, 온갖 할 수 있는 일은

그 상자   113

다 했다고 말했다.

"지금도 도심에는 일이 많지만, 외곽으로 이사 와서 일이 줄었어요. 여기는 할 일이 별로 없거든요. 사람이 없으니까요. 치우고 유지보수 하는 일도 의미가 없고요. 나름 재밌어요."

석현이 할 만하다는 말투로 말했는데, 정말 그럴까 싶었다. 민준이 집에서 노는 게 제일 재미있지 않겠냐고 했더니 집에서 혼자 뭘 하면서 노냐고 석현이 되물었다.

"혼자 놀아도…… 재밌어요. 재밌잖아요, 이것저것 하면…… 원래 밖에 잘 안 나가는 편이었는데 특히 팬데믹 동안 뭐에 미쳐 있을 때가 많아졌어요. 뭐라도 하지 않으면 불안해서. 이런저런 일 하는 거죠."

아버지와 어머니가 차례로 감염되어 병원으로 실려 가고 그도 곧 감염되지 않을까 방에 누워 덜덜 떨고 있을 때였다. 방에 쌓인 책이 눈에 들어왔고, 죽기 전에 책이라도 읽자는 마음에 집에 있는 모든 책을 다 읽었다. 좋아하는 책은 두 번씩 읽었다. 전공 서적도 읽고 버리려고 쌓아둔 잡지나 신문도 다시 꺼내 읽고 마음에 드는 글은 스크랩도 했다. 컴퓨터에 파일을 만들어 읽은 책을 정리하고 목록을 만들기 시작하다가 갑자기 그만뒀다.

"내가 뭘 하고 있나 싶어서 관뒀어요."

책에서 영화와 드라마로 차례가 넘어갔다. 주로 인터넷에서 호러영화를 봤는데 시간이 잘 갔고 현실을 잊을 수는 있었지만, 집에서 혼자 무서운 영화를 보고 있으니 점점 머리가 이상해지는 것 같아 그만뒀다. 그다음 드라마로 옮겨 갔는데, 한국 드라마를 보고 있으면 팬데믹 이전의 삶이 떠오르는 게 힘들어 많이 보진 않았다. 미국과 일본 드라마는 가상 현실 속 이야기로 보여서 덜 힘들었고, 그중에서도 주로 범죄 수사 드라마를 열심히 봤다. 하지만 너무 많이 봤더니 눈과 머리가 아파서 결국 멈췄다.

"누구나 잠깐 정신이 나갈 때가 있죠." 민준의 설명 중간에 석현이 참견했다. "장웨이는 그때 뭐라고 하던가요?"

"저를 말렸는데 제가 듣질 않았죠."

그다음은 청소였다. 드라마를 보다가 방을 둘러봤더니 너무 더러웠다. 부모님이 돌아오면 이 꼴을 보고 뭐라고 하겠어? 치우지도 않고 살았냐는 잔소리가 머릿속에서 울리는 것 같았다. 물건을 모조리 꺼내서 먼지를 닦고 가구도 이리저리 옮기고 바닥을 치웠다. 쓸모없는 옷이나 물건을 버리고 정리하면서 문제가 생겼다. 뭐가 쓸모 있고 없는지 판단이 서질 않는 데다가 특히 부모님 물건은 어떻게 정리해야 좋을지 알 수 없고 머리가 복잡해져서 청소도 그만뒀다.

"이후로는 아예 청소하지 않아서 집이 더 엉망진창이 됐어요."

장황하게 말했다는 생각에 민준은 입을 다물었는데 석현도 말을 하지 않아 둘 사이에 침묵만 이어져서, 다시 민준이 입을 열었다. 처음에는 시간 보내기가 힘들었지만,

어느 순간부터는 시간 개념이 모호해져서 금방 하루가 지났고, 종일 혼자 지내는 것도 어렵지 않았다고 말했다. 그러다가 2년이 지났고 말이다.

민준의 말을 다 듣고 나서도 석현은 별로 말이 없었다. 민준은 과자 한 봉지를 다 먹었고 배가 불러서 더는 먹지 않았다.

석현은 바이러스에서 회복된 다음 도심에서 살았고 그곳은 이곳과 달리 사람이 많다는 말로 침묵을 깼다.

"병원 주변 지역이 살기 편하죠. 병원에서 일하는 의료진과 자원봉사자 들이 모여 사는 곳이 상하수도나 전기 시설이 괜찮아요."

민준이 왜 계속 거기서 살지 않냐고 묻자, 석현은 이곳이 좋다고 대답했다.

"그래도 살던 동네가 좋더라고요."

민준도 집을 떠날지 고민하던 때가 있었다. 처음에는 집을 지키려고 집에 남았고, 부모님이 감염된 이후에는 부모님이 돌아오기를 기다리면서 집에 있었고, 그다음은 밖으로 나가면 위험해서 집에만 있었다.

"결국, 나 혼자 집에 남았네요. 그런데 나 말고도 다들 그렇겠죠?"

민준이 묻자 그렇다고, 석현은 답했다. 이후 대화는 즐거웠고, 생필품도 받아서 오는 길까지는 다 좋았다. 그런데 집으로 들어와서 잠이 든 다음 바이러스에 감염돼서 사흘 동안 일어나지 못했다.

어디서 바이러스에 감염됐을까? 그린존에서? 캐러멜 팝콘에서? 생필품 상자에서? 불어오던 바람에서? 대문 손잡이에서? 민준이 바이러스에 감염돼 혼수상태에 빠지자 장웨이가 병원에 연락한 다음 존에게 말했고, 존이 석현에게 상황을 보고했다. 앰뷸런스보다 석현이 다른 자원봉사자와 함께 먼저 집에 도착했다. 장웨이가 가르쳐준 비밀번호로 자원봉사자들이 문을 열고 들어왔다. 거실에 누워 있던 민준의 상태를 살핀 다음 병원에 연락해서 바로 병원으로 이송할지 아니면 집에서 한동안 차도를 볼지 물었다. 병원에서도, 나중에 도착한 앰뷸런스의 의료진도 집에 두는 편이 낫다고 대답했다. 어차피 병원에 가봤자 병실도 없다는 것이다. 석현은 민준을 그대로 집 침대에 눕혔다. 민준이 사흘 넘게 의식을 찾지 못했기 때문에, 바로 병원에 이송할 걸 판단을 잘못했다는 생각에 자원봉사자 모두 정말 괴로웠다고 했다. 그리고 민준이 벌떡 일어나서 다들 깜짝 놀랐다.

민준은 잠들어 있는 동안 많은 악몽을 꿨고 가위도 자주 눌렸는데, 바이러스 때문이라고 장웨이가 알려줬다. 바이러스가 신경계를 공격해서 뇌가 신체를 통제 못 하고, 몸의 면역 체계가 바이러스와 싸우는 동안 뇌는 악몽을 꾼 것이다. 그때의 꿈을 다시 떠올릴 때마다 인생을 다시 사는 것 같은 꿈 같았다고 민준은 생각했다. 건물에 갇혀서 빠져나갈 출구를 찾기도 하고, 고등학교에 늦어서 정신없이 뛰기도 하고, 대학교를 다시 다니기도 했다. 부모님이 있거나 없거나 입원했거나 돌아가셨고, 생필품을 찾아 전국을 돌아다니기도 하고, 뜬금없이 대통령 선거에 투표하다가, 극장에 갔다가, 다시 생필품을 잃어버리기도 했다.

"그냥 다 개꿈입니다."

장웨이가 말했다.

신경계가 파괴되어 혼수상태에 빠진 다른 바이러스 감염자들과 달리 민준의 면역 체계는 바이러스를 이긴 것이다. 앰뷸런스를 타고 온 의료진은 민준에게 완전히 회복됐고 며칠간 격리만 하라고 해서 자원봉사자들이 동네 복덕방에 마련한 의무실로 옮겼다. 침대가 있고 의료기기가 몇 있고 자원봉사자가 관리하기 때문에 그곳은 복덕방이 아니라 의무실이었다. 민준은 시키는 대로 의무실에서 며칠을 보냈다. 사흘째 아무것도 안 먹었기 때문에 영양식을 줬는데, 제대로 못 삼키면 코로 튜브를 삽입할 수도 있다고 해서 겁을 먹었지만 잘 삼키고 소화했다. 기운 없이 며칠 동안 침대에 누워 소독약 냄새만 맡다가 짜증이 치솟을 즈음 격리가 해제되고, 석현이 그에게 빨간 십자가가 붙은 완장을 줬다.

"다 나았으니 어디든 가고 싶은 곳에 갈 수 있어요."

십자가를 떨어지지 않게 잘 꿰맸으니 필요하면 더 말하라더니 석현은 자상하게 말했다. 다른 자원봉사자도 몰려들어서 앞으로 어떻게 하겠느냐 계획이 있느냐 캐물었다.

118

"누워 있는 동안 가고 싶은 곳이나 하고 싶은 일 생각 안 해봤어요?"

가야 할 곳은 있었다. 병원에 아직 부모님이 계시니까 면회를 신청할 수도 있고, 만약 부모님의 안락사가 결정되면 병원에 가서 직접 화장 절차를 진행하고 유골을 받을 수도 있었다.

민준의 부모님이 입원한 곳은 병원이 아니라 교회를 병원으로 개조한 곳이었고, 부모님이 그곳으로 이송된 이유도 두 분이 모두 기독교 신자라서였던 것이 희미하게 기억났다.

"아드님이시죠?"

팔에 붉은 십자가를 단 간호사가 다가와 말을 걸었다. 유골함이 잘못 왔을 때 전화로 상담했던 그 간호사는 아니었으나, 민준이 무슨 일로 왔는지 설명하자 바로 이해했다.

"간혹 그런 일이 있어요."

민준을 따라온 석현은 같이 병실로 들어갈 수 없어 대기실에서 기다렸다. 병실에는 바이러스에 감염된 이후 의식을 회복하지 못한 사람 여섯 명이 누워 있었다. 나란히 누워 있는 부모님은 무척 마르고 나이 들어 보였다.

간호사가 옆에 앉아 상황을 설명했다. 바이러스가 두뇌까지 공격해서 다시 의식을 회복하기 힘들고, 감염 이후 2년이 지나면 안락사 처리를 한다는 법률에 따라 곧 안락사된다는 것이다. 하지만 대기자가 워낙 많아서 민준처럼 아직 가족이 있는 경우는 안락사가 몇 달 미뤄진다고 했다.

"그 안락사 하는 법이 병실이 모자라서 만든 법이죠?"

"네, 그런데 보호자님의 부모님 같은 경우는 더 뒤로 미뤄질 거예요. 생존한 가족이 있는 경우는 보통 그래요."

같이 감염됐는데도 어머니는 아직 일정이 잡혀 있지 않았고, 아버지의 경우 3주 후 예정이긴 한데 확실하진 않으니 그때 다시 연락해보라고 간호사는 말했다. 민준은 석현의 자동차를 얻어 타고 집으로 돌아왔다. 돌아오는 차 안에서, 석현이 힘내라고 말했을 때 이렇게 대답했다.

"깨달았어요."

"뭘요?"

"다들 가족을 잃은 사람이란 걸."

"그건 그렇죠."

당연히 자원봉사자도 다들 가족을 잃은 사람이었다. 석현이 그것 말고도 안 좋은 소식이 하나 더 있는데 듣겠냐고 물어서 민준은 무슨 말인가 어리둥절했다.

"민준 님이 이제는 바이러스 항체가 있으니까, 생필품 배급이 나오지 않아요."

생필품은 바이러스를 피해 집에 있는 사람에게만 주는 것이고, 민준은 바이러스에 걸리지 않으니 지원도 없는 것이다. 당장 먹을 것도 없는데 어떡하지, 민준이 중얼

거리자 석현이 말했다.

"자원봉사하면 되죠."

그날 저녁, 일단 자경단부터 시작하자고 했다.

저녁 먹을 시간에 편의점 앞으로 나오면 된다고 해서, 민준은 집에 돌아가 침대에 누웠고 깜박 잠들었다. 저녁이 되자 장웨이가 깨워서 멍한 머리를 감싸 쥐고 밖으로 나왔다.

편의점 앞에는 석현도 있고 다른 자원봉사자도 있었다.

"벌써 일하시려고요?"

병이 다 낫자마자 일하러 오는 사람은 처음 봤다고 다른 자원봉사자들이 말해서, 석현이 나오라고 했으니 나와야 하는 줄로만 알았던 민준은 어리둥절해졌다. 어쨌든 쌀이 없으니 일을 해야 했다. 자경단은 편의점 옆에 설치한 대기실에 있다가 밤에 도둑이나 강도가 없는지 살피며 순찰하고, 나머지 시간에는 임시 건물에서 저녁이나 야식을 먹고 홀로그램 장치로 영화도 본다고 했다. 주로 무서운 영화를 보는데 괜찮겠냐고 석현이 물었다.

"무서운 영화라면 호러영화요?"

"아뇨, 재난영화요."

지구가 망하는 영화를 주로 본다는 말에, 민준은 도대체 왜라는 질문이 목구멍까지 나왔다. 대기실에는 복덕방에서 뜯어 와 순찰 지역을 붉은색 펜으로 표시한 지도도 벽에 붙어 있었다. 민준의 집에 붉은색 동그라미를 그려놨다가 지우개로 지운 흔적이 있고, 그 옆에 '항체'라고 써놓았다. 항체가 생겨서 더는 환자가 바이러스에 걸리지 않으니까 관리 대상에서 빠졌다는 표시냐고 민준이 묻자 그렇다고 석현이 대답했다.

첫 순찰은 석현과 같이 움직였다.

"처음이니까 쉬운 저녁 시간으로 배정했어요."

석현이 말했는데, 자원봉사자들이 왜 이렇게까지 편의를 봐주는지는 모를 일이었다. 새로 자원봉사자가 들어오면 똑같이 잘해주나? 길은 석현이 잘 알고 있었으므로 민준은 따라서 걸어가기만 했다. 걷다 보니 민준의 집이 다른 사람들의 집에서 멀리 떨어져 있어서 순찰 범위가 넓어졌다는 것을 알았다.

"제가 만약 근방으로 이사 오면, 순찰을 이렇게 멀리 안 와도 되겠네요."

"그렇죠. 하지만 순찰도 나름 재미있어요."

석현이 아직 바이러스에 감염되지 않은 사람이 사는 집을 가리키며 설명했다.

"대기실 지도에 붉은 동그라미 쳐진 그 집들이에요. 이 집은 할아버지 할머니가 살아요. 여기는 아이와 함께 아주머니가 있어요. 아주머니라고 해도 무척 젊으시지만요. 아이는 일곱 살이에요. 이 집엔 고등학생이 살고요."

인적 사항도 사생활 침해만 아니라면 알아야 했다. 특히 아직 항체가 없어서 집 밖으로 나오지 않으며 자원봉사자들이 생필품을 전달하는 집은 더 그랬다. 민준이 그랬던 것처럼 언제 감염돼서 혼수상태에 빠질지 모르니 매일 상태를 확인하고 있었다. 도둑이나 강도를 막으려고 순찰하기도 하지만, 범죄가 일어난 적은 없다고 했다. 바이러스 항체가 있는 사람이 굳이 시 외곽으로 와서 빈집을 털진 않을 것이라고 했다. 하지만 정말 미친 사람이 있을지도 모르기 때문에 순찰을 꼭 한다고 설명했다.

"연쇄 살인범이 이유 없이 찾아와서 사람을 죽일 수도 있으니까요."

"시 중심가는 훨씬 사람이 많은가요?"

"팬데믹 이전과 거의 비슷해요. 특히 병원 주변은. 거기는 클럽도 있어요. 꼭 종말이라도 온 것처럼 술 마시고 밤을 새우고 놀아요. 술 마시고 아무하고 뒤엉켜서……"

실제로 종말이 온 것과 같으니 그러고 싶은 사람도 있을 것이다. 민준이 고개를 끄덕이자 석현이 말했다.

"가보시겠어요?"

"아뇨."

민준은 거절했다.

순찰을 끝내고 돌아와서 늦게까지 대기소에 머무르며 사람들과 어울리고 저녁으로 인공 배양육 치킨도 얻어먹었다. 씹는 질감이 이상했지만 그래도 맛있어서 많이 먹었고, 단백질을 오랜만에 많이 먹으니 힘이 나는 것 같았다. 저녁 먹으면서 홀로그램 영화도 같이 봤다. 홀로그램 장치가 영상을 허공에 띄워서 스크린 없이 입체로 감상할 수 있었다. 그런 제품이 개발됐다는 말은 들었지만

그 상자 123

실제로 본 건 처음이었는데, 석현이 어디에서 주워 왔다고 했다. 훔쳤겠지, 민준은 생각했다. 주인도 손님도 없이 남아 폐허가 된 가게에서 물건을 가져오는 행위를 여전히 '훔친다'고 말한다면 말이다.

영화는 끔찍하게 우울해서, 이런 걸 도대체 왜 보나 싶었다. 핵전쟁이 난 미국에서 사람들이 방사능에 죽고 병 걸려 죽고 굶어 죽고 그렇게 다 죽어서 끝나는 내용이었다. 다른 자원봉사자들은 다들 재밌어했고 이미 여러 번 봐서 내용을 다 알면서도 또 보고 있었다.

"우리는 저렇게 되지 않을 거니까요."

사람들이 말했다. 하지만 지금도 영화처럼 되고 있고 백신을 못 만들면 정말 종말이 올 것이다. 2년 넘게 백신 개발에 진전이 없었고 앞으로도 못 만들 가능성이 컸다. 하지만 민준을 제외한 다른 자원봉사자들은 의학이 발전 중이니 곧 백신도 치료제도 만들 수 있다고 말했다. 다들 왜인지는 모르겠는데 나노 로봇 기술에 희망을 걸고 있었고, 백신과 치료제가 생기면 사람들이 다시 이전처럼 살아갈 수 있다고 믿고 있었다. 바이러스가 변이를 일으켜서 백신이 소용없어지면?

"그럼 또 새로운 백신을 만들면 되죠."

사람들이 말했다. 석현이 앞으로도 자원봉사를 계속 하겠냐고 물었고, 민준은 하겠다고 대답하고 5킬로그램 쌀자루를 받아서 돌아왔다.

자원활동가들은 순찰 말고도 할 일이 많았고, 민준은 일을 하나씩 배워갔다. 드론으로 날아온 생필품을 받아 차나 바퀴 달린 카트에 실어서 각 집에 가져다줬다. 집에서 내놓은 쓰레기를 청소차가 가져가기 쉽게 한 장소에 모을 때도 있었고, 청소차가 오지 않을 때는 그냥 땅을 파고 묻었다. 남을 돕는 일 말고도, 어디서 물건을 배급받아야 좋은 물건을 빨리 받을 수 있고 배급 안 되는 물건은 어디서 훔쳐 오는지 등도 대충 배웠다. 일이 끝나면 민준은 석현의 집으로 가서 자고 오기도 했다. 석현의 집은 깨끗하고 좋았는데, 그렇게 말했더니 석현이 대답했다.

"내 집은 아니지만요."

살던 사람이 다 죽었고 찾아오는 사람도 없는 집이어서, 무단으로 들어와 살고 있다고 했다. 석현이 사는 아파트 단지에는 빈집에 들어가 살고 있는 다른 자원봉사자들도 있었다. 원래 주인이나 친척이 찾아오면 어쩌냐고 했더니 다른 빈집으로 이사 가면 된다고 말했다. 부모님이 바이러스에서 회복되어 돌아올지 모른다는 생각에 집을 지키고 있는 민준으로서는 다소 무서운 일이었다.

둘은 같이 저녁을 먹으면서 텔레비전에서 인공지능이 진행하는 뉴스나 석현이 모아놓은 드라마와 영화를 보거나, 석현의 열대어를 구경했다. 민준이 집으로 돌아갈 때면 석현이 같이 살면 어떻겠냐고도 가끔 물었다.

"아파트가 물이나 전기도 잘 나오고, 편해요. 그리고 저 혼자 살면 심심하기도 하고요."

석현은 전혀 심심해 보이지 않았기 때문에 처음에는 흘려들었지만, 민준이 자고 가는 날이 늘자 석현은 점점 더 진지하게 말했다. 다른 사람들이 뭐라고 하지 않겠냐고 민준이 말했더니, 남자 둘이 사는 건데 뭐 어떻겠냐고 답했다. 정말 그런가?

　　"그래도 될까요?"

　　"되는 건 뭐고 또 안 되는 건 뭐예요."

　　석현의 말대로 같이 살면 좋을 것 같다가도 집에 돌아오면 다시 혼자 있는 것이 좋기도 했다. 또 부모님이 돌아올 때까지 집을 지켜야 하니까. 아니 돌아오지 못하더라도 집은 지켜야 하니까. 이건 우리 집이니까, 그런 생각이 들었다.

　　같이 사는 문제를 두고 석현이 재촉하거나 눈치를 주진 않았다. 그런데 뜬금없이 엉뚱한 사람이 참견을 시작했다. 어느 날 순찰 중 둘의 대화에 장웨이와 존이 끼어들더니 민준과 석현이 같이 살면 좋겠다고 말했다. 민준은 어이가 없어서 말했다.

　　"너희들이 왜 참견이야?"

　　장웨이와 존은 자기들도 한집에서 같이 지내고 싶어서 그렇다고 말했는데, 인공지능이 '같이 산다'는 게 도대체 무슨 의미냐고 민준이 되물을 때였다. 갑자기 스마트 이어폰으로 자원활동가 대기소에서 연락이 왔다.

　　"819번지로 바로 와주시라고 합니다."

급한 메시지라고 존과 장웨이가 동시에 말했기 때문에 두 사람은 가던 길을 멈추고 819번지로 향했다. 평소답지 않게 석현이 뛰기 시작하더니, 민준이 뒤처지자 빨리 오라고 다그쳤다. 그렇게 서두르는 건 처음이어서 민준은 갑자기 겁이 났다.

819번지 문 앞에 이미 자원봉사자 두 명이 있었다.

"열두 시간 넘게 답이 없어요."

집에 사는 사람은 바이러스에 감염되지 않은 고등학교 3학년 학생이었다. 부모는 없고 민준처럼 집 밖으로 거의 나오지 않았다. 이전에는 대화도 가끔 했는데 오늘은 답이 없고 생필품도 안으로 가지고 들어가지 않았다고 자원봉사자들이 말했다. 문을 부수고 안으로 들어가자 학생이 소파에 누워 있었다. 집이 정말 엉망진창이었다. 밥은 어디서 먹고 잠은 도대체 어디서 잤는지 어떻게 생활을 했는지 짐작이 안 갈 정도로 물건과 쓰레기가 뒤섞여 쌓여 있어서 들어가기도 쉽지 않았다. 먼지와 곰팡이와 쓰레기 냄새도 지독했다. 물건을 밟고 타고 넘어서 다가가 학생의 상태를 확인했는데 열이 심했고 의식이 없었다. 자원봉사자들이 바로 병원에 연락했고, 석현이 학생의 증세가 심해서 분명 응급 수송할 것 같으니 의료진과 들것이 들어오도록 준비하자고 말했다. 물건을 치우다가 민준이 쌓여 있던 쓰레기 더미를 넘어뜨려서 오히려 더 엉망이 됐다. 다들 뭐라고 하진 않았지만, 표정이나 분위기로 봐서는 분명 기분이 좋지 않아 보였다. 당황한 민준이 쓰레기를 급하게 구석으로 대충 밀어놓고 들것이 들어올 길을 만드는데 석현이 말했다.

"학생이 다시 돌아올지 모르니까 그렇게 무작정 밀어놓으면 안 될 것 같아요."

그의 말에 더 당황해서 어째야 좋을지 몰랐고 대충 밀었던 물건을 다시 정리했다.

잠시 후 앰뷸런스가 도착해, 의사와 간호사와 구급대원이 들어와서 학생의 상태를 보더니 밤새 바이러스에 감염돼서 혼수상태에 들어갔다고 말했다. 그걸 누가 모르나? 사실 의사도 간호사도 구급대원도 뭘 어째야 좋을지 모르고 있었다. 의료진이 앰뷸런스로 학생을 실어가는 동안에도 민준은 계속 집을 치우고 있었다.

앰뷸런스가 떠난 후에 청소도 그만두고 집을 나와 문을 닫았다. 학생이 돌아오기 전에 집에 다시 들어와 집을 더 치워놔야 할까요, 민준이 묻자 석현이 힘없는 목소리로 대답했다.

"안 치워도 될 거예요."

가망 없다는 건가. 하지만 내가 깨어났듯이 학생도 일어날 수 있잖아. 앞일은 모르는 거야. 민준은 생각했다.

편의점 대기실에 모인 자원봉사자들 모두 기분이 좋지 않아 보였다. 본인들이 감염을 시킨 것도 아닌데 다들 자기 잘못처럼 생각하는 표정이었다. 학생이 다시 돌아올지, 다른 감염자처럼 세상을 뜰지 아니면 병원 침대에 계속 누워 있을지 서로에게 물었고, 당연히 누구도 답은 몰

128

랐다. 누군가, 학생이 빠졌으니 지도를 고쳐야 할 텐데,라고 말했지만 아무도 고치지 않았다. 다들 침울하게 몇 시간이나 앉아 있다가 헤어졌다. 민준은 그냥 집으로 가겠다고 말했고 석현도 바래다주지 않았다.

집에 도착해 문을 열었다가 집 안 풍경에 흠칫 놀랐다. 장웨이가 이렇게 물을 정도였다.

"왜 놀라세요?"

들어가지 못하고 문 앞에 멈춰서 집을 들여다보기만 했다. 분명히 같은 집인데 완전히 달라 보였기 때문이었다. 819번지와 비슷해서였다. 이전에는 더러운 줄 몰랐던 집엔 물건이 온통 어질러져서 쌓여 있었다. 창문을 자주 열지 않아 나는 냄새로 생각했던 먼지 냄새도 819번지 냄새를 맡고 나서야 하수구와 곰팡이 냄새가 섞인 냄새란 걸 깨닫고 역겹게 느껴지기 시작했다. 미친 듯이 책만 읽었을 때 꺼내놓고 다시 정리하지 않은 책 더미, 버릴지 말지 결정을 못 내리고 그냥 쌓아둔 부모님의 물건, 쌓아놓고 나중에 버리기로 하고 잊어버린 플라스틱과 종이 상자와 캔 쓰레기, 정돈하지 않은 옷가지, 그 사이를 굴러다니는 먼지 덩어리까지, 어떻게 생활을 했는지 모르겠는 아수라장 속에서 지금까지 살고 있었다.

빈 유골함을 받은 지 3주가 지나고 부모님을 면회하러 병원에 갔다. 이번에도 석현이 차로 데려다줬다. 여전히 부모님은 잠들어 있었고, 당분간은 안락사되지 않을 거라고 간호사가 설명했다. 부모님을 지켜보다가, 혹시 유골함을 다시 가지고 와야 하냐고 물었더니 간호사가 대답했다.

"어떻게 하시든 상관없어요. 집에 유골함이 있어서 불편하시면, 다음번 면회 올 때 가져오면 처리해드릴게요."

차를 타고 돌아가는 길에, 석현의 집으로 이사 가겠다고 민준이 말하자 석현은 무척 기뻐했다. 딱히 가져갈게 없으니 그러지 말라고 몇 번을 말렸는데도 이사할 때 꼭 도와주겠다고 우겼다. 마음이 바뀐 이유가 뭐냐고 물어서, 이런저런 거짓말을 하려던 민준은 그냥 집이 너무 더러워서 그렇다고 솔직하게 말했다. 아무튼 석현은 기분이 좋아 보였다.

집에서는 민준의 옷과 수저와 그릇만 챙겨 왔다. 딱히 더 가져갈 것도 없고 더 필요하면 다시 와서 가져와도 되니까. 물건을 챙기는데 존과 장웨이가 상담할 일이 있다고 말하더니 잠시 머뭇거렸다. 요즘 존이 말을 할 때 망설이고 머뭇거리는 버릇이 생겼다고 석현이 말했다. 장웨이에게서 배운 모양이었다.

"두 분이 같은 집에 살게 됐으니 저희도 두 명보다는 한 명인 편이 낫지 않을까요? 데이터를 합쳐서 하나의 인격으로 융합할 수 있습니다. 한 명의 새로운 인공지능이 되는 거죠. 물론 지금 그대로 두셔도 됩니다. 저희는 협업이 전혀 어렵지 않습니다."

"넷이 같이 살면 되지."

민준은 대답했다. 석현도 말했다.

"둘이 같이 떠들면 엄청 시끄럽겠군."

시끄럽지 않을 거라고 장웨이와 존이 동시에 떠들었는데, 석현의 말대로 정말 시끄러웠다. 집을 나와 문을 닫고 내려올 때, 문득 안방에 둔 유골함이 생각났다. 가져갈 필요는 없겠지? 굳이 새로운 집으로 가져가기도 그렇고, 그냥 뒀다가 나중에 병원에 갖다줄 때 와서 가지고 가도 된다. 도둑이나 혹은 집에 들어온 다른 사람이 유골함을 보면 뭐라고 할까 싶었다. 민준은 빈집에 들어온 사람을 상상했다. 아무도 살지 않는 집, 엉망진창인 집에, 몰래 들어왔다가 방 한가운데에 있는 그 상자를 보고 낯선 사람은 무슨 생각을 할까.

작가 노트

처음 팬데믹이 시작됐을 때만 해도 곧 끝나리라는 희망으로 하루하루를 보냈다. 하지만 몇 달이 지나도 끝날 것 같지 않았다. 지인과 대화하다가 최소한 1, 2년 이상 길어질 것 같다는 말을 들었을 때 정말 막막했다. 곧 끝나지 않으면 앞으로 어떻게 살아야 하지? 아포칼립스 소설을 읽을 때나 느끼던 막막함을 현실에서 마주칠 줄은 몰랐다. 신기하게도 그때 팬데믹에 대한 글을 써달라는 청탁을 받았다. 어떤 이야기를 쓸까 곰곰이 생각하며 주변을 돌이켜보았다. 팬데믹 이전에도 이후에도 나는 사람을 거의 만나지 않고 혼자 책상에 앉아 글을 썼다. 팬데믹이 오기 전에도 창작은 어려웠고 팬데믹이 온 후에도 여전히 어려웠다. 물론 앞으로 더 어려워질 수도 있다. 하지만 아무리 막막해도 지금까지 그랬듯 글을 써야 한다고 생각했다. 그 생각을 담았다.

2020년
김이환

New Normal

다시 만난 세계

차카타파의 열망으로

배명훈

다들 별로 안 믿는 모양이지만, 우리 학교 역사학과 격리실습실은 학생들을 감금하기 위해 만들어진 시설이 아니다. 역사학 연구자로서 선입견 없이 한 시대를 받아들이게 하는 것, 그것이 바로 격리실습실의 유일한 목적이다. 격리되는 것은 연구자가 아니라 시간이다. 연구자가 감금되는 것은 부수적인 효과에 지나지 않는다. 사람들에게는 저마다 각자의 시간이 묻어 있는 법이어서 연구자를 격리하지 않으면 시간도 제대로 격리할 수 없다.

　　복잡하게 이야기했지만, 격리실습실이란 사실 도서관처럼 생긴 문서고다. 2020년 5월 어느 날을 기준으로 그 이전에 만들어진 정보만 모아놓은 근대사 아카이브다. 날짜를 일괄적으로 득정할 수 없는 것은 분야마다 수집 기준일이 다르기 대문이다. 예를 들어 영상자료 수집 기준일은 5월 6일이고, 정기간행물은 5월 말일이다. 인더

넷은 다시 세부 분야별로 정보 수집 마감 날자가 다른데, 대중 5월 28일 밤에서 29일 새벽 사이에 끝난다고 보면 된다.

격리실습은 한 학기 고스로, 실습을 마치지 않으면 논문자격시험을 볼 수 없다. 달리 말하면, 동과해봐야 논문을 슬 자격이 주어지는 것 말고는 아무 혜댁도 없다는 말이다. 한 학기라고 하면 엄정 길어 보이지만, 실제 격리는 닥 4주고 이 기간 동안 외부와 연락을 자단한 재 실습실에서 기거하면서 아무 주제나 정해서 소논문 한 변을 완성하면 된다. 다만 아가이브 안에 있는 정보와 지적 도구만을 활용해야 한다는 제약이 있는데, 막상 해보면 그다지 가다로운 조건은 아니다. 병가도 별로 엄격아지 않아서 배스bass 아니면 베일vail이다. 잠여만 하면 거의 다 동과한다는 의미다.

내 주제는 2020년에 한국에서 저음 열린 걸링 리그였다. 걸링 중계를 보는 일은, 가장 버디기 힘들다는 격리실습 조기에 내 마음을 달래준 유일한 낙이었다. 아무도 몸사움을 하지 않고 단 한 번의 반정 시비도 일어나지 않으며 내내 화기애애한 분위기에서 별져지는 지열한 승부의 세계! 리그는 블레이오브를 고압에 두고 중단되고 말았다. 그리고 영상자료 수집 기준일이 다 되도록 재개되지 않았다. 그 유명한 2019년 감염병의 여바였다.

그게 내 격리실습 첫 주에 일어난 일이었다. 나는 절망하고 말았다. 왜 하빌 이걸 보기 시작앴을가. 궁금해 미질 것 같았다. 그래서 준전시정 딤은 도대체 어디까지 올라갔단 말인가! 리그가 다시 재개되기는 했을가? 결과를 알아내는 것쯤은 어려운 일도 아니다. 검색하면 금방 알 수 있는 일이었다. 다만 해답은 실습실 밖에만 있었다. 나는 3주나 더 실습실에 갇혀 있어야 했다.

시간이 격리된다는 것은 그런 의미다. 2020년 5월의 근대 한국인저럼 2020년 6월을 전혀 모르는 상대에 놓이는 것. 그래서 내 소논문 주제는, 그해 컬링 리그 여자부에서 준전시정 딤이 우승하기 위해 어던 전략을 구사해야 하는가가 되었다. 2113년의 나는 컬링이라는 스보즈에 대해 미리 아는 바가 전혀 없었으므로, 2020년의 인류가 남겨놓은 아가이브 안의 지식만으로 이 문제에 접근해야 했다. 분석은 아무 말이었지만 그거면 충분했다. 역사학과 격리실습실의 설립 쥐지를 그보다 더 잘 살리는 연구는 있을 수 없었다.

과제를 마진 뒤에도 나는 그다음에 무슨 일이 일어났을지가 너무너무 궁금했다. 너무나 궁금해서 격리만 해제되면 곧바로 그 일부터 찾아볼 기세였다. 실제로는 아직도 안 찾아보고 있지만, 아무든 이론상 그러다는 말이다.

학과장 선생님은, 다임머신이 개발돼서 대학원생을 2020년으로 보낼 수 있는 시대가 오면 격리실습실이 시간 여행을 위한 전문 훈련장으로 활용될 수 있으리라 전망하지만, 물론 농담이다. 그런 게 아니어도 실습실은 이미 충분히 유용하다.

실습실에서 나는 혼자가 아니었다. 수감자처럼 보이는 것은 역사학과 대학원생분이지만, 아카이브 자체는 내내 일반인에게도 개방되어 있었다. 역사학도 말고도 종종 우리 실습실을 찾는 부류가 몇몇 있었는데, 제일 흔한 게 고전 연구자였다. 문학이든 철학이든 고전 연구자가 작품을 제대로 이해하려면 그 작품이 인류의 최전선에 있었던 시대의 분위기를 알아야 한다. 후대에 나온 더 나은 해법을 아는 사람은 은연중에 고전을 무시하는 태도를 지닐 수 있기 때문이다.

더 이상 브론디어에 놓여 있지 않은 지식은, 미래인의 눈에는 어쩐지 구닥다리로 보이기 마련이다. 실제로도 그렇다. 그런 작품은 십중팔구 정복되어 있다. 모두가 추구해야 할 기준점이 되었다가, 극복해야 할 낡고 고루한 습관으로 바뀐 다음, 마침내 대부분 극복되고 마는 패턴이다. 그러므로 고전이 다시 빛을 발하게 하려면 정복되었다는 사실 자체를 망각해야 한다. 그렇다. 바로 역사학과 격리실습실의 주요 기능이다.

고전 연구자가 거의 직장 동료 느낌이라면, 시나리오 작가는 출석률 낮은 동네 헬스장 고정 멤버 정도의 느낌이다. 역사학과 격리실습실에는 스고 직고 그리는 온갖 역사물 창작자의 발길이 끊이지 않는다. 자주 온다는 의미는 아니고, 잊을 만하면 하나씩 띄엄띄엄 나다난다는 듯이다.

실습실에 영상업계 사람이 앉아 있으면 왠지 기분이 좋아진다. 바깥에 비가 온다는 소식을 들으면 나갈 일이 없어도 왠지 마음이 들뜨는 것과 비슷하다. 나와는 아무 상관이 없을지언정 어딘가에는 비가 내린다는 거니까. 시나리오 작가가 연예인은 아니지만 그 사람은 연예인을 실제로 봤을 게 아닌가.

실습실은 창문이 다 막혀 있었다. 너무나 22세기스러운 바깥 풍경 탓이었다. 잠깐이라도 그 풍경을 보고 있으면 격리실습이 일종의 연극이라는 사실을 깨닫지 않을 도리가 없었다. 그래서 나는 한 달 동안이나 비가 내리는 광경을 볼 수 없었다. 나에게 비 소식을 전해주는 것은 외부인들이 가지고 온 우산뿐이었다. 아, 단 한 번 그기만한 창문이라도 진짜 비가 들이치는 데가 있었으면 얼마나 좋았을까!

딱 한 군데, 비를 볼 수 있는 곳이 있었다. 아가이브맨 위층 전장에 나 있는 작은 재광장이었다. 밤에는 별이 보이고 낮에는 파란 하늘이 보이는 작은 창문. 누가 왜 만들었는지 알 수 없는 동그란 유리창 아래에 서 있으면 우산을 쓰지 않고도 비를 맞을 수 있었다. 샤워는 숙소에서 다로 하면 되니가 두 기억을 조합하면 비를 맞을 수 있었다. 그럴수록 진짜 비를 맞고 싶은 생각이 더 간절해졌지만 말이다.

그러던 어느 날 그 일이 일어났다. 비가 들이쳤다는

게 아니라, 배우가 실습실에 나다났다는 소리다. 격리 3주째였다. 나는 그 사람을 한눈에 알아보았다. 검색을 못 애서 이름은 나중에 더올랐다. 재미난 이름, 한지, 서한지였다. 주로 여자 역을 맡기는 했지만 어느 족을 연기하든 기억에 남는 개릭더를 선보이던 젊은 배우였다.

　나는 거의 숨도 쉬지 안고 서한지를 구경했다. 대노고 반히 져다보지는 않았다. 흘금흘금 몇 번 보고 나서는 시선을 그족으로 돌리지도 안고 그가 있는 공간을 가만히 느끼기만 했다. 돌이겨보니 소름 돋는 행동이지만, 공기부터 확 달라진 걸 난들 어저란 말인가. 보름 넘게 기거하던 실습실 내부 공간이 서한지를 중심으로 다시 구성되었다. 서한지의 정면인가 즉면인가, 서한지가 자리에 앉아 있는 시간인가 아닌가에 다라.

　서한지는 상대의 연기력을 돋보이게 하는 재주가 있는 배우였다. 십대 대 데뷔한 이후 죽 로맨스 드라마에 주인공으로 줄연하며 인기를 얻었는데, 말하자면 젓사랑만 내리 세 번을 한 득이한 이력이었다. 그런데도 상대 배우가 서한지에게 바져드는 장면은 늘 설득력이 있었다. 상대역이 연기를 잘해서가 아니라 시정자도 독갇이 서한지에게 바져들었기 대문이다. 세 번이나 반복애서.

　그러니가 서한지 거블의 인기는 결국 서한지 덕이라고 할 수 있었는데, 주목받은 족은 오히려 상대역들이었다. 서한지가 한동안 연기를 쉰 것은 그 이유 대문이었을 것이다. 슬슬히 미래를 기약아며 대중의 눈에서 잠시 멀어진 배우. 그런 서한지가 격리실습실에 나다난 것이다.

문 닫을 시간이 다 되어서야 서한지는 자리에서 일어나 짐을 쟁겼다. 그날 밤에 나는 동이 들 대가지 잠을 이루지 못앴다. 서한지가 앉아 있던 곳 근저에 남아 있는 좋은 기운 닷이었다. 아아아, 이 누주한 곳에 진자 드라마 배우가 잦아오다니! 실습실이 조금 더 득별해졌다. 그 기간에 실습을 하고 있던 나도 마잔가지로 득별해졌다.

놀랍게도 서한지는 다음 날 오후에도 실습실에 나다났다. 다음 날도 그다음 날도. 주말에는 쉬었다. 나는 점점 궹하고 조줴해졌다. 나만의 작각이었겠지만, 말하자면 그것은 건강한 조줴함이었다. 매일매일 서한지를 볼 수 있다니!

말을 걸어볼 수는 없었다. 유명인이어서가 아니라 실습 규직이 그랬다. 실습실 곳곳에는 실습생에게 말을 걸거나 먹을 것을 주지 말라는 안내문이 붙어 있었다. 늘 그러듯, 시간을 격리하기 위해서였다. 젯.

사실 실습 규직은 지겨지지 않는 경우가 많았다. 일반 열람자와 석여 지내다 보면 본의 아니게 규직을 위반하는 경우도 발생하기 마련이었다. 한번은 나도 거의 규직을 어길 번했다.

먼저 금기를 갠 족은 서한지였다. 정말 이상한 일이었다. 나는 잦는 사람이 아무도 없는 조용한 서가를 헤매고 있었다. 군사학 서가였다. 젝에 정신이 발려 경계를 분 사이 누군가가 갑자기 말을 걸었다.

"괜찮으세요?"

바로 엽이었다. 다가오는 기적을 전혀 느끼지 못했던 나는 그만 소스라지게 놀라고 말았다. 서한지가 속삭이는 소리로 준비한 말을 도박도박 이어갔다.

"지나가다가 절조망을 봤어요. 숙직실인지 기숙사인지 둘레에 져져 있는 거. 자발적으로 갇혀 있는 게 확실한가요? 혹시 강압이 있었거나, 아니면 구다 같은 거라도?"

나는 바보저럼 고개만 가로저었다. 갑작스러운 상황이라 뭐라고 답을 할지 알 수 없었다. 어지나 바보 같았는지 내 얼굴을 본 서한지의 뵤정이 한증 굳어졌다. 무슨 일이 있는 게 확실하다고 믿는 모양이었다.

"저 이상한 사람 아니에요."

서한지가 말했다. 글로벌 스다도 못 알아볼 만금 비잠한 격리 생활일 거라 짐작안 모양이었다. 나는 그 말에 더 당황했다. 대답알 다이밍을 잡기도 전에, 서한지가 기다리지 안고 말했다.

"흘금흘금 져다보는 거 눈지재고 있었어요. 아무 말도 못 아고 있는 거. 그런데 점점 상황이 안 좋아 보여서. 그족 얼굴이요…… 도와드릴게요. 뭐든!"

이 정의롭고 선량한 배우는, 자조지종을 듣고도 완전히 믿지는 않는 눈지였다. 실습실 사서 선생님이 나 대신 상황 설명을 해주고 와서는 서한지가, 정말로 자발적인 거면 절조망은 왜 빌요하냐고 되물었다고 전했다. 절조망이야 우리 전공자들기리 하는 장난 같은 것에 불과했지만, 사서 선생님은 이제 그런 짓도 그만둬야겠다고 말했다.

나는 서한지에게 아무 해명도 할 수 없었다. 그게 규직이었다. 대신 나는 서한지의 목소리를 더올렸다. 정확이 말하면 목소리보다는 서한지의 발성에 관해 오랫동안 생각앴다. 입안에 머금은 듯 부드럽고 우아하게 울리는 소리. 서한지에게서 나오는 모든 말은 조금도 박으로 벋어 나오지 않았다. 바로 압에 서 있던 나에게조자 느껴지지 안던, 부드럽고 고운 날숨에 가볍게 실린 소리.

'와, 배우는 정말로 저렇게 말하는구나.'

나는 몇 번이고 그 대화를 더올렸다. 대화라기에는 다소 일방적이고 다급안 제안이기는 했지만.

그 뒤로도 서한지는 구준히 실습실에 나왔다. 다음 작붐을 준비하는 모양이었다. 알아서는 안 되는 2113년 세상의 정보였지만, 그걸 알게 된 것가지 내 잘못은 아니었다. 시간을 격리하는 일은 엄연히 사서의 업무였다.

배우답게 서한지는 영상자료실에서 주로 시간을 보냈다. 반면에 나는 옛날 영상은 거의 보지 않는 변이었다. 옛날 사람들의 세련되지 못안 모습을 보고 있기가 거북앴기 대문이다. 화질 문제가 아니었다. 화면에 담긴 사람들이 문제였다. 2020년 사람들의 발성은 너무 이상했다. 곡 집어 말할 수는 없지만 어전지 오래 듣고 있기가 거북

차카타파의 열망으로　　　　145

앴다. 아무래도 근대 한국어는 글로만 접아는 변이 나았다. 진자로 다임머신이 있는 것도 아니고, 내가 2020년으로 날아가 그 시대 사람들과 대화를 할 것도 아니니가.

정말 중격적인 것은 야구 중계 방송이었다. 걸링 경기도 소리지는 장면이 놀랍기는 했지만 감작 놀랄 정도는 아니었다. 그들도 결국 근대인이니가 하고 넘어가면 그만이었다. 하지만 며칠 전에 내가 본 장면은 자다가도 한 번식 눈이 번적 더질 만금 중격적이었다.

2020년 봄 고로나 바이러스가 행성 전제에 버지자 전 세계의 스보즈가 전부 중단되었다. 유럽이나 미국이 더 심하고 한국은 그나마 사정이 나았다. 한국에도 근대 야구 리그가 있었는데 경기 룰은 지금과는 많이 달랐다. 전 세계 야구 리그가 다 중단되고 한국 리그만 무관중으로 열리는 동안, 온 세상 야구 밴들이 전부 한국 야구를 시정했다. 그랬다는 기록과 흔적이 여기저기에 남아 있었다.

역사학과 대학원생이 가장 싫어하는 게 바로 그런 것들이었다. 지나지게 많은 기록과 굳이 그것을 검색알 수 있게 만들어놓은 둘dool.

나는 근대 야구의 룰이 궁금해서 잠시 2008년 경기 영상을 들어놓았다가 도저히 믿을 수 없는 광경을 목격아고 말았다. 세상에, 누군가가 짐을 뱉었던 것이다! 그것도 선수가! 경기 중에!

감작 놀라 화면을 다른 부분으로 넘겼지만 어지나운이 없던지 잠시 후에 다시 비슷안 장면과 마주졌다. 다른 장면에도, 도 다른 장면에도, 얼굴이 클로즈업된다 싶으면 선수들은 희한하게도 짐을 뱉었다. 마치 카메라가 자기 얼굴을 비추는 것을 감지하기라도 한 것처럼.

서가를 뒤졌다. 곧 놀라운 자료를 발견했다. 리그 재개 몇 주 전즘에 만들어진 지침이었다. 거기에는 짐을 뱉는 행위를 금지한다는 조항이 들어 있었다. 아니, 그 말은, 2020년 이전에는 선수가 경기 중에 짐을 뱉는 일이 저벌 대상이 아니었다는 소리가 아닌가!

그야말로 격음의 시대였다. 만나면 악수로 인사를 하고 한 그릇에 담긴 음식을 나눠 먹기도 하던 시절이었다. 남이 마시던 술잔에 술을 받아 마시는 붕습은, 사극 여기저기에 등장한 닷에 이제 일반인들에게도 유명했다. 더지스그린이 미래의 디스블레이로 주목받는 시대였고, 자동문에조자 손으로 누르는 스위지가 달려 있던 대였다. 아니, 그럴 거면 왜 굳이 자동문을 만든단 말인가?

솔직이 나는 그 시대가 살작 혐오스러웠다. 근대사는 영영 내 적성이 아니었을지도 모른다. 왜 하빌 이 학교에 들어와 가지고. 하지만 학부 과정에 들어오기 전가지만 해도 나는 역사학과는 어느 학교나 다 독같은 줄 알았다. 이 학교에서 잘 다루는 시대와 저 학교에서 잘 다루는 시대가 다를 줄을 어더게 안단 말인가.

물론 다른 학교 대학원에 진학아는 방법도 있었지만, 학부 졸업 학기즘 되자 그런 건 왠지 아무 의미도 없어 보였다. 삶의 다른 많은 부분이 그러하듯. 애조에 그런 자기바괴적인 심리 상대가 아니었으면 대학원 같은 곳에는 발을 들이지도 않았을 것이다.

아무든 나는 부지런히 바열음을 만들어내는 그 시대 사람들의 입이 거슬렸다. 그래서 아무리 중요한 연설 장면도 오래 지켜보기가 힘들었다. 내용이 어더든 상관없었다. 그것이 격음으로 이루어진 연설이라면 다 마잔가지였다.

서한지의 생각은 나와는 달랐을 것이다. 서한지는 연기 변신을 굼구고 있었다. 작가나 감독이 아닌 배우가 역사학과 대학원생만금이나 열심히 실습실을 찾는다면 이유는 하나다. 다음 작붐에서 연기바 배우로 도약아기 위해서다. 아무래도 서한지의 다음 작붐은 2020년 이전을 배경으로 한 역사물이 될 모양이었다. 나는 그 사실이 마음에 들지 않았다. 내 생각이야 아무래도 상관없겠지만, 그래도 나는 무조건 싫었다. 역사학도 득유의 날가로운 감각이 발휘된 결과였다.

나는 2020년이, 그 유명한 대감염병의 시대가, 근대사의 변곡점으로 다뤄지는 것부더가 마음에 들지 않았다. 마잔가지로 우리 실습실의 자료 수집 기준점이 2020년 5월인 것에도 동의하기 어려웠다.

엄밀히 말하면 2020년은 문명사의 진자 전환점이 아니다. 시간은 좀 걸렸지만 결국 인류는 그 병을 극복앴다. 삶은 회복되었고 사람들은 대제로 예전과 다를 바 없었다. 그것은 세계대전이나 냉전 같은 결정적인 사건이 아니었다. 제1자 세계대전을 기준으로 19세기와 20세기를 구분하는 사람은 많아도, 같은 시기에 유행한 스베인 독감이 20세기의 문을 열었다고 주장하는 역사학자는 거의 없지 않은가. 그러니 2020년 봄을 기준으로 시대를 구분할 수는 없는 노릇이었다.

물론 나도 2020년을 기점으로 세상이 바뀌었다는 사실 자제를 부정하지는 않는다. 실습실에 들어서는 안 되는 사전 지식이지만, 근대인들에게 2020년은 혐오를 재발견하는 시기였다. 혐오가 죄조로 발명된 게 아니고, 잠재해 있던 혐오를 하나하나 그집어내기 시작안 시대라는 듯이다. 감염병이 전 세계에 버지자 사람들은 다른 사람들을 적극적으로 증오하기 시작았다. 원래도 싫어했지만 이제 더는 숨기지도 않았다. 그래서 이 시기의 혐오에 관해서는 남아 있는 자료가 엄정나게 많았다. 말도 안 되게 많았다. 슬모없는 21세기인들 같으니.

아무든 감염병은 빙계에 불과했다. 잔혹안 범죄를 저지른 사람이 술 빙계를 대는 것과 마잔가지였다. 정말로 그는 술 대문에 범죄를 저질렀을가? 이 에이지 가E. H. Garr의 『역사란 무엇인가』에 나오는 것과 비슷안 질문이다. 담배를 사러 가다 교동사고를 당한 로빈슨은 담배를 비웠기 때문에 사고를 당한 것인가? 그러하다. 하지만 아니기도 하다. 담배도 브레이그 결함도 음주 운전도 다 역사의 일부지만, 담배를 사고의 원인이라고 하지는 않는다. 다음 사고를 막기 위해 금연정잭을 시행하는 것만금 어리석은 짓도 없을 데니가.

2020년이 2019년과 달라지기 시작안 것은, 2019년 사람들이 모두 병으로 죽어버려서가 아니다. 그보다는 2020년 사람들이 2019년의 삶을 불결하다고 느기기 시작안 게 결정적이었다. 2021년 사람들은 2020년의 생활 양식마저 비위생적이라고 느겼고, 2022년 사람들은 그 2021년에 대해서도 우월감을 갖게 되었다. 격리실습실이 시간을 격리하듯, 한 시대는 바로 압 시대와 거리를 두었다. 매우 짧은 시간 간격을 두고.

그러는 사이 다른 감염병이 몇 개 더 나다났다 사라졌다. 그러면서 비슷안 일이 다시 반복되었다. 그 흔적이 인류의 생활 방식에 그대로 남았다. 2093년이나 2100년 사람들은 대부분 2020년의 중격을 기억조자 하지 못앴지만 시간에 새겨진 감염병의 흔적은 생활 양식이 되어 후세에 전해졌다. 그러니가 그것은 고상함이나 우아함의 문제이지 생존의 문제가 아니었다.

하지만 서한지는 아무래도 내 생각에 동의할 것 같지 않았다. 어느 날 나는 서한지가 영상자료를 보고 있는 광경을 훔쳐보고 말았다. 의도한 건 아니고 지나가다가 우연히 발견한 것이었다. 서한지는 같은 화면을 반복애서 재생해가며 옛날 사람들이 하는 말을 다라 하고 있었다.

사극이었다. 근대에 만든 조선 시대 배경 역사물이었다. 나는 화면 압에 가가이 다가앉은 서한지가 이렇게 말하는 것을 보고 들었다.

"동족아여 주시옵소서."

감작 놀라 그 자리에 우둑 멈춰 섰다. 어개도 죽 늘어졌을지 모른다. 그러면서도 내내 그 말이 머릿속을 떠나지 않았다. 이번에도 역시 대사가 아닌 서한지의 발성이 자구만 머릿속에서 메아리쳤다. 내 검뷰더로는 뵤기조자 할 수 없는 그 말이.

밤새 그 생각에 사로잡여 있었다. 그러다 새벽에 짐대를 바져나와, 검뷰더 화면에 지금은 스지 않는 옛 한글 자음들을 죽 그렸다. 격리실습실 서고 분류 기호에서 늘 보던 글자였지만 굳이 음가를 신경 스지 않았던 소리. 인간의 몸 안에 있던 무언가를, 아마도 볘 속에 들어 있던 유해한 공기를, 바갇족으로 강하게 밀어내는 발성. 금기가 된 소리. 불법은 아니지만 예의에는 어긋나는 거진 음운. 별 기능도 없는데 굳이 모았다 더드리는 복단 갇은 호흡. 바열음이었다.

나는 그 자음들을 이용해 낮에 서한지가 다라 한 대사를 검뷰더에 옮겨 적었다.

"통촉하여 주시옵소서."

다시 화들작 놀랐다. 소리 내어 읽은 것도 아닌데 글자로 뵤기된 것만 보고도 등골이 오삭앴다.

22세기 사람들은 거센소리를 거의 사용하지 안지만, 격음의 음가를 재현해내는 일은 어느 언어권에서든 꽤 간단했다. 예를 들면 ㄱ 받짐 뒤에 ㅎ으로 시작아는 글자가 이어지는 경우처럼. 현대국어에서는 ㅎ 대문에 불가비하게 격음이 만들어지는 경우 ㅎ을 생략아거나 ㅎ과 충돌하는 자음을 다른 자음으로 바꿔 보기하는 방식으로 충돌을 방지한다.* 그래도 사람들은 누구나 ㄷ과 ㅎ의 음가를 알고 있으므로, 머릿속에서 이 둘을 억지로 충돌시켜 ㅌ의 음가를 상상해내는 것은 그다지 어려운 일도 아니었다. 간단한 발성 해킹인 셈이다.

나는 입술과 혀를 부지런히 오물거리며 낮에 본 장면을 다시 더올렸다. 서한지의 입술을.

서한지가 "통촉"이라고 말하는 순간 분명 입에서 무언가가 뒤어나왔다. 보물선을 그리며 꽤 먼 곳가지 휙.

"통촉하여 주시옵소서어어어어!"

그 말은 세상에서 제일 억울하게 들리는 문장이었다. 글자 그대로 내면의 억울함이 분줄하는 듯안 발성이었다. 문자를 통해 전달되는 의미 이상의 무언가가 서한지의 목소리에 담겨 있었다.

'이것이 말로만 듣던 한(恨)이라는 건가?'

그러니가 서한지는 격리실습실을 이용하는 목적을 달성한 셈이었다. 21세기를 능숙아게 연기할 수 있게 되었으니. 하지만 연기가 무르익을수록 서한지는 어전지 조

---

* 현대국어의 보기법은 완성된 상대가 아니고 지금도 변해가는 중이다. '-았-/-었-', '있-'에서 ㅆ 받짐이 그대로 남아 있는 것이 대보적인 예다. 2090년대 이후 줄생 세대의 일상 언어에서 이 보기는 상당 부분 ㅅ으로 대제되어 있다.

급애 보였다. 무언가에 쫓기듯 조바심을 내는 눈치였다. 마지 아직 근내지 못안 숙제를 남겨둔 사람저럼.

서한지가 언제가지나 한가하게 격리실습실로 줄근을 할 리는 없었다. 쉬고 있어도 늘 바븐 연예인이었으니가. 목적을 달성했으니 곧 더날 게 분명했지만, 서한지는 얼마 남지 않은 시간마저도 알자게 보냈다. 옛날 영화나 드라마를 잔득 찾아 보고 뮤지걸 공연 영상도 열심히 쟁겨 보는 모양이었다.

어느 날 저녁, 서한지가 집으로 돌아간 후 나는 영상 자료실 구석 서한지의 지정석저럼 되어버린 자리로 갔다. 서한지가 마지막으로 보던 영상은 뮤지걸 공연 장면이었다. 붉은 머리의 배우가 죽음을 노래하며 무대 위를 거질게 휩슬고 다니는 대목이었다.

그것은 사극과는 도 다른 자원의 중격이었다. 배우의 발성에는 ㅎ이 배경저럼 갈려 있는 듯앴다. 득이 노래할 대 더 심했다. 죽음이 '죽음'으로 발음되지 안고 'ㅎ죽흠' 으로 발음되는 식이었다.

ㅎ피! 신선한 ㅎ피가 날 ㅎ채후리라
한순ㅎ간의 상ㅎ처 내ㅎ게 ㅎ힘을 ㅎ주리라

공연 날자를 확인했다. 2020년 봄이었다. 그대즘이면 관객들은 모두 마스그를 스고 있었을 것이다. 배우에게 싀울 수는 없으니.

차카타파의 열망으로　　　153

그러다고 안심하기는 일렀다. 열정적으로 노래하던 발간 머리 배우가 손을 죽 벋자 멀리 달아나던 상대 배우가 마법의 힘에 이끌리듯 그족으로 다가가 목을 잡았다. 나는 흠칫 놀라 모니더 반대족으로 멀직이 물러났다. 상대역보다 내가 더 놀란 듯앴다. 그리고 예상했던 그 일이 일어났다. 발간 머리 배우가 상대의 목을 움켜쥔 재로, 그러니가 한 발arm 간격보다 가까운 거리에서, 상대역 남자의 얼굴에 대고 ㅎ이 잔득 들어간 노래를 복발적으로 붐어댔다.

　내 ㅎ사랑 미ㅎ나 영훤히 ㅎ살리
　너ㅎ의 그ㅎ ㅎㅎㅎ피로 나의 여황 ㅎ다시 ㅎ찾겠어

'뭐지, 이 사람? 드래곤인가?'
　강렬한 무대 조명에, 작은 분수처럼 입에서 솓아져 나오는 무언가가 도렷이 보였다. 안개 같기도 하고 비 같기도 한 무언가였다. 나는 아직 그것을 직시할 용기가 없었다.

　격리 마지막 주가 되자 흘금흘금 나를 져다보는 서한지의 시선이 유독 날가롭게 느껴졌다. 다시 나에게 말을 걸 것만 같은 눈빛이었다. 무엇이 저 배우를 저도록 갈망하게 만들었을가. 화면 안에서도 박에서도 한결같이 내성적이었던, 그래서 늘 신망이 두덥다는 병가를 듣던 사람이었는데.

서한지가 모든 세대의 사랑을 받을 수 있었던 것은
바로 그 성붐 대문이었다. 정확이 말하면 그런 이미지 대
문이라고도 할 수 있는데, 서한지의 경우는 그 둘이 다르
지 안다고 했다. 물론 업계 관계자들의 말이니 이 도한 이
미지 메이킹일지도 모른다.

아무든 격리 마지막 주의 서한지는 모두가 아는 그
사람이 아니었다. 나는 그 난데없는 갈망의 대상이 나라
는 점이 당혹스러웠다. 작각인가 싶었지만, 아닌 것 갇았
다. 그는 분명 나를 주시하고 있었다. 그는 내가 안전하고
건강한 상대에서 실습에 잠여하고 있다는 사서 선생님의
설명을 하나도 믿지 않는 눈지였다.

이상한 기분이 들었다. 드거운 관심에 얼굴이 화근
달아오르기도 했다. 물론 나도 알고 있었다. 서한지는 상
황을 오해하고 있었을 분이다. 그것도 뭔가 좀 이상한 방
식으로.

나 도한 제발 누가 나를 구제해줬으면 하는 생각을
한 적이 한두 번이 아니었지만, 아무리 그래도 그런 식은
아니었다.

'구줄 말고 구제요! 절조망은 그냥 장난이라고요. 거
기 묻어 있는 비가 설마 진자 사람 비겠어요?'

아, 하지만 이족을 보고 있지 않는데도 드겁게 이글
거리는 저 강렬한 눈빛을 어지하란 말인가!

나는 서한지를 슬슬 비해 다녔다. 지난번 사건도 있고

하니 되도록 마주치지 않도록 조심하라는 게 사서 선생님의 지침이었다. 지도교수도 동의했다. 실은 그러거나 말거나 아무 관심도 없는 눈치였지만, 아무튼 동의는 했다.

그러나 격리실습실은 그다지 넓은 공간이 아니었다. 작은 건물도 아니었지만, 반드시 나를 보고야 말겠다는 사람을 언제까지나 비해 다닐 수 있을 만큼 그지도 않았다.

결국, 밝은 조명이 내리쬐는 복도에서 서한지와 마주쳤다. 서한지는 마지막으로 무언가를 확인하려는 것처럼 내 몰골을 아래위로 훑어보더니, 결심한 듯 아주 조금 고개를 끄덕였다. 그냥 아래턱에 힘을 준 것인지도 모른다.

"탈출할래요?"

비장한 목소리로 서한지가 말했다. 그러면서 내 쪽으로 손을 내밀었다. 그 순간 우리는 우리만의 무대 위에 올라 있었다. 나도 모르는 새. 이것이 배우의 공간 장악력일까. 시간은 도 왜 갑자기 느리게 흐르는 걸까.

먼지 하나하나가 다 보이는 밝은 조명 아래, 날아오는 비말이 도렷이 보였다. 짐이 뒤었다. 아니, 21세기식 보현으로, 침이 튀었다. 하.

나는 잠깐 정신이 들었다.

'이 무대는 2020년 이전 무대구나.'

그러고는 다시 정신이 혼미해졌다.

한글은 보의문자가 아니지만, 어떤 말을 받아 적을 대는 그 말이 듯아는 바가 직관적으로 옮겨지기도 한다. 예를 들어, '빽빽하다'라는 옛 보기는 시각적으로도 이미

156

백백아다. '얼룩말'이라는 단어는 그 자제가 벌서 얼룩무늬로 지장되어 있다. 마잔가지로 '침이 튄다'는 말에는 짐이 뒤는 현상이 반드시 수반된다.

그렇게 침이 튀었다. 서한지에게서 나에게로.

'오해예요, 서한지 시. 저는 달줄 같은 거 빌요 없어요. 어디서 무슨 이야기를 들었는지 모르지만, 아마 다른 학교 줄신 연구자들의 해묵은 음해 레버도리를 전해 들은 거겠죠? 하지만 저는 다음 주면 곱게 여기를 나간다고요. 게다가 마지막 주는 별로 힘들지도 안대요. 사서 선생님 기분에 다라 장문도 열어줄지 몰라요.'

서한지는 확실히 성공할 것이다. 연기 변신이 문제가 아니라 아예 21세기 인간이 되어 있었으니가. 그의 변신은 단순히 21세기식 발성법을 익이는 수준이 아니었다. 그의 말에는 21세기식 진심이 담겨 있었다. 만약 서한지가 한 말이 "달줄할래요?"였다면 나는 그의 손을 잡지 않았을 것이다. 절대로. 하지만 그가 나에게 "탈출"을 권했기에 나는 나도 모르게 그 손을 잡고 말았다.

서한지에게서 날아온 침이 얼굴에 닿았다. 비명을 질러야 했지만 어이없게도 나는 가다르시스를 느꼈다. 그 순간 나는 개달았다. "가다르시스를 느꼈다"라는 말은 반드시 "카타르시스를 느꼈다"라고 발화해야 한다는 사실을. 침이 잔뜩 튀도록.

와, 정말 미진 문명, 아니 미친 문명이었다.

정의롭고 선량한 배우의 손에 이끌려 실습실 밖으로 나왔다.

'거봐요, 감금된 거 아니잖아요. 그냥 걸어 나와도 아무도 뭐라 그러는 사람 없다고요.'

하지만 그 생각을 입 밖에 내지는 않았다. 한껏 도취되어 있는 젊은 배우에게 잔물을 끼얹고 싶지는 않았다.

사서 선생님이 어이없다는 얼굴로 나를 바라보았다. 지금 뭐 하는 짓이냐고 묻는 것 같았다. 이러다가는 22세기 최초로 격리실습 코스를 통과하지 못한 대학원생이 되고 말 저질렀지만, 격리야 다음 학기에 다시 하면 그만 아닌가. 중요한 것은 지금 내가 서한지의 손을 잡고 나란히 서 있다는 사실이었다.

눈앞에는 가려진 장문으로 막혀 있었던 22세기가 펼쳐져 있었다. 어쩌면 비가 올지도 모르는 날씨였다. 이제 시간은 격리되지 않는다. 나는 오염되었고 실습은 실패였다. 그러나 그 오염 덕분에 나는 비로소 2020년을 이해하게 되었다. 나는 2020년이 내민 손을 덥석 잡았다. 이해한다고 해서 좋아하게 될 것 같지는 않지만, 적어도 그게 뭔지는 알 것 같았다. 말하자면 그것은 차카타파의 진심 같은 것이었다.

강 너머에는 2백 충자리 건물들이 병풍처럼 시야를 가리고 늘어서 있었다. 되근 시간이 다 됐는지 수백 대의 자량이 건물 주위로 날아들고 있었다. 사람들을 실어 나르기 위해서였다. 내가 속한 시간대로 돌아온 셈이다.

서한지가 자기 차를 불렀다. 밝은 오렌지색 차가 봄날처럼 부드러운 바람을 일으키며 날아왔다. 나를 어디론가 태워 가려는 모양이었다.

나는 반작반작 황홀하게 빛나는 서한지의 눈을 바라보며 마음속으로 절규했다.

'서한지 시, 저는 당신의 연기 변신이 정말로 슬프답니다. 노력애 봤지만 도저히 그 시대를 좋아할 수가 없거든요. 하지만 아무든 죽아해요. 흑윽.'

작가 노드

2113년 보기법으로 된 메일을 변집자와 주고받으며 즐겁게 글을 다듬었다. 작업 기간 내내 한 번도 만나지 않았지만, 소설가들은 이미 오래전부터 원격 근무를 하고 있었으므로 별 문제는 없었다. 어저면 글스기야말로 미래인의 직업일지도 모른다!

미래의 붕경을 만들어내는 것은 주로 기술이겠지만, 물질문명이 아닌 것들 역시 우리 삶을 부지런히 바군다. 작붐 속 2113년의 언어를 더 잘 이해하고 십다면, 문법을 바고들기보다는 낭독해보기를 권한다.

2020년
배명훈

벌레 폭풍

이종산

오늘도 일어나자마자 스크린 윈도우를 열고 바깥을 봤다. 아주 좋은 날씨였다. 하늘은 맑고 파랗고 화창한 햇빛이 거리를 환하게 비춰서 모든 것이 선명하게 잘 보였다. 이런 날은 아침부터 선물을 받은 기분이 든다. 포포는 스크린 윈도우를 보며 거리로 뛰어나가서 신선한 공기를 마음껏 들이마시고 싶은 충동이 들었지만, 곧 벌레 떼 한 무리를 발견하고 그럴 마음이 싹 가셨다. 지겨운 벌레들.

뉴스에서는 또 한차례 벌레 폭풍이 몰려올 거라고 했다. 빙하는 계속 녹고, 녹은 빙하에서 새로운 박테리아와 병 들이 기어 나온다. 여기저기서 폭발적으로 태어나는 벌레들은 떼를 이루어 대륙을 횡단하면서 새로운 병을 전파한다. 너무 익숙한 이야기인데도 벌레 폭풍이 온다는 소식이 들릴 때마다 진저리가 났다. 마지막으로 벌레 폭풍이 왔던 것은 한 달 전이었는데, 다른 때보다 유독 폭풍이 심각해서 사흘 동안은 하늘이 아예 안 보였다. 그 때 몰려들었던 벌레들이 아직 남아서 떼를 이루어 날아다니고 있는데 폭풍이 또 온다니. 이번에는 또 얼마나 많이 올까.

우울한 생각은 그만해야지. 얼마 전에 벌레 폭풍이 실제로 기분에 영향을 미친다는 얘기를 들었는데 정말 그런 것 같다. 벌레가 인간의 뇌에 좋지 않은 화학 효과 같은 것을 일으킨다는 것은 아니고, 벌레 때문에 야외 활동을 하지 못하니 우울해질 수 있다는 거다. 되도록 바쁘게 하루를 보내고, 사람들과 대화를 나누고, 실내에서라도 햇볕을 많이 쬐어야 한다. 맞는 말이다. 하지만 햇볕을 쬐려고 해도 채광창 밖으로 작은 군집을 이루어 날아다니는 벌레들을 보면 심란해져서 결국에는 종일 커튼을 닫아두게 된다.

포포는 채광창을 커튼으로 가리는 대신, 스크린 윈도우를 통해 바깥을 내다본다. 스크린 윈도우는 포포를 바깥과 연결해준다. 오늘도 거리에는 인적이 없다. 길에 사람 그림자라도 드리운 걸 본다면 포포는 아마 심장이 쿵 떨어질 정도로 놀랄 것이다. 드론과 차 들은 자주 지나다닌다. 아, 그리고 배달원들도 있었지. 음식이며 생활에 필요한 갖가지 물품이며…… 무엇이 들었는지 알 수 없는 상자들이 종일 거리를 오고 간다.

포포의 집에도 매일 배달원이 들른다. 포포는 고객들이 주문한 나무 인형들을 향이 나는 종이에 싸고 네모난

164

상자에 넣는다. 포장한 상자에 주소 코드를 붙이고 그날 부칠 것들을 모아 우편함에 넣으면 포포가 할 일은 끝이다. 배달원은 매일 오후 3시에 온다. 무인 드론이 더 싸고 빠르긴 하지만, 벌레 떼가 드론을 공격해서 물건이 유실되는 사고를 몇 번 겪은 후에는 차를 사용하는 배달원을 부르게 됐다.

이 동네는 집들이 널찍하게 떨어져 있어서 사람 보기가 더 어렵다. 포포는 유령도시에 사는 기분을 느끼다가 점심이나 저녁 시간에 음식 배달원들이 끊임없이 지나가는 걸 보며 위안을 얻는다. 종일 혼자 집에서 시간을 보내는 어떤 고독한 사람이 식사 때가 되어서 음식을 주문하고, 적당한 시간이 흐른 후에 배달원에게 따뜻한 음식을 받아 어디든 편한 자리에 앉아 그날의 끼니를 먹는 상상을 하면 마음이 따뜻해진다.

지금 포포가 사는 동네에는 붉은 벽돌로 지은 옛날식 주택이 많고, 단풍나무도 많아서 가을에 위에서 내려다보면 동네 전체가 붉은색 브로콜리처럼 따뜻해 보인다(동네 지형이 브로콜리처럼 생겼다). 다른 동네와 경계가 되는 지점에는 커다랗지만 그리 어둡지도 쓸쓸하지도 않은 숲이 있고, 길을 따라 작은 강도 흐른다. 다음 주에이 동네를 떠나 하얗고 네모난 집들이 규칙적으로 늘어선 곳으로 간다고 생각하면 아쉬움이 차오른다. '나도 모르는 사이에 이 동네에 정이 들었었나 봐.' 포포는 스크린 윈도우로 거리를 보며 한숨을 쉰다.

"자기."

무이가 포포를 부르는 소리와 함께 노크가 뜬다.

〈'무이'의 노크. 창을 여시겠습니까?〉

포포는 스크린 윈도우를 터치해서 '열기' 버튼을 눌렀다. 무이의 얼굴이 포포의 스크린 윈도우에 뜬다. 무이의 스크린 윈도우에도 포포의 얼굴이 떴을 것이다.

스크린 윈도우를 개발한 IT 회사인 'C.Q.C'의 창업자는 대부분 시간을 집에서 혼자 보내는 언콘택트 시대의 사람들에게 자신의 발명품이 세상을 볼 수 있고 더 나아가 사람들을 만날 수 있는 창문이 되기를 바란다고 했다. 언니는 스크린 윈도우가 옛날 사람들이 쓰던 핸드폰이 대형 텔레비전만 하게 바뀐 것에 불과하고, 'C.Q.C'의 창업자가 신작 발표회에 나와서 하는 말은 물건을 팔기 위한 번지르르한 포장일 뿐이라는 냉소적인 태도를 고집하지만 말이다.

그래도 포포는 스크린 윈도우가 창문에서 영감을 받아 만들어졌다는 사실을 좋아한다. 포포는 포포의 창문으로 무이를 보고, 무이는 무이의 창문으로 포포를 본다. 두 사람의 창문이 서로에게 열리는 순간이다. 무이는 포포가 매 순간 지나치게 의미 부여를 하는 버릇이 있다고 말하는데 포포도 그 말을 조금은 인정한다.

"안녕. 일어났어, 내 사랑?"

"죽겠어."

무이가 앓는 소리를 낸다. 분명 어제도 새벽 4시 가

까이 일하다 잤겠지. 포포가 무이의 퉁퉁 부은 얼굴을 보며 속으로 혀를 쯧쯧 찬다. 하지만 그렇게 부은 얼굴이 귀엽게 보여서 자꾸 웃게 된다.

"그러게 낮에 나 일하는 거 보고 있지 말고 집중해서 일하라니까."

어제 무이는 포포가 다람쥐 하나를 다 만들고 다람쥐가 손에 들 도토리와 버섯 모양 받침대까지 끝낸 뒤에 저녁을 먹으며 한숨을 돌릴 때까지 포포의 방을 보고 있었다. 물론 스토커처럼 포포만 보고 있었던 것은 아니고 나름대로 학생들이 보낸 과제물도 읽고 수업할 내용을 작성하는 것 같긴 했다. 하지만 한 번에 한 가지 일밖에 못 하는 포포는 무이가 그런 식으로 일한다는 게 이해가 잘 안 된다.

무이는 50명 정도 되는 대학 과정 교육자가 모인 그룹에 속해 있다. 실시간 수업에 학생들과의 토론, 개별 상담, 과제물 채점, 같은 그룹에 있는 교육자 동료들과의 회의, 다른 그룹에 있지만 전공이 같은 교육자들과의 정기적 모임, 그 모임을 위한 공부까지. 일이 너무 많다. 덕분에 무이는 항상 일에 잠겨 허우적댄다. "이렇게 안 하면 학생들이 금방 떨어져 나가." 무이가 자주 하는 소리다. 그러시겠지. 포포는 무이의 불안을 이해하면서도 무이가 일을 놓지 못하는 것이 불만스럽다.

아예 몇 시간을 정해서 집중해서 일하고, 그 외 시간은 아예 일을 놓고 마음 편하게 보내는 게 더 좋지 않나? 하지만 무이가 하는 말대로 그건 포포의 방식이지 무이의 방식은 아니다. 포포와 무이는 서로의 방식을 존중하자는 말을 자주 한다. 대화를 하다가 말싸움으로 이어지려고 할 때 쓰는 말이다. 서로의 방식을 존중하기. 말은 쉽지만, 어려운 일이다. '결혼을 하고 나면 서로의 방식을 '존중'해야 하는 순간이 더 많아질 텐데. 우리가 그런 일을 해낼 수 있을까?' 사실 포포는 확신이 없다. '아니, 우리보다는 내가.' 포포는 무이보다 융통성이 없는 편이다. 포포가 이해할 수 없는 것들에 관해서는.

새로운 노크가 뜬다. 언니다. 열기.

"안녕."

언니가 인사한다. 옆에 리라가 있다.

"이모, 안녕!"

리라가 손을 꼼지락대면서 포포를 본다. 리라는 네 살이고, 수줍음이 많으며, 말로 표현할 수 없이 빛나는 아이다. 리라만큼 포포를 자주 놀라게 하는 사람은 없다. 리라가 태어나기 전에는 무이가 포포를 가장 놀라게 하는 사람이었다. '난 나를 놀라게 하는 사람을 사랑하게 되는지도 몰라.' 포포가 가끔 하는 생각이다.

"리라랑 산책할 건데, 너도 같이 갈래?"

듣던 중 반가운 소리다. 산책은 확실히 기분 전환이 된다. 언니나 리라처럼 친밀한 사람과의 산책은 더 좋고.

"자기, 언니가 산책 가자고 하네. 다녀올게. 피곤한 것 같은데 좀더 자."

무이가 고개를 끄덕이며 손을 흔든다. 얼굴은 띵띵 부었고 눈도 아직 반쯤 감겼다. 어떻게 저렇게 귀여울까. 눈은 동그랗고, 코는 납작하고, 입술은 말린 살구처럼 부풀었다. 저 작은 얼굴에 어떻게 눈, 코, 입이 다 있는지. 포포는 그 얼굴을 흐뭇하게 바라본다. 무이, 언니, 리라. 포포가 가장 가깝게 느끼는 사람들이다. 가족이라고 부를 수 있는 사람들. 세 사람의 얼굴이 스크린 윈도우에 떠 있는 걸 보고 있는데 가슴속에서 애정이 솟아오르면서 눈물이 날 것 같은 기분이 든다.

"너 그거 결혼 전 우울증이야."

언니가 포포를 보며 웃는다. 리라는 무슨 말인지도 모르면서 언니가 농담을 하는 것 같으니까 덩달아 손으로 입을 가리고 재밌어한다.

"내가 뭘."

포포는 아닌 척하려고 하지만 목소리가 울먹거려서 짜증이 난다.

"또 눈에 눈물이 글썽글썽하잖아. 봐, 리라. 이모 또 운다. 우리 리라보다 더 울보야. 그치? 리라가 달래줘야겠다. '이모, 울지 마' 하고."

"됐거든!"

포포는 질색하면서 손을 휘젓는다. 크고 나서는 언니 앞에서 눈물을 보인 적이 없는데 요새는 왜 이러는지. 결혼 전 우울증이 맞나 보다. "이모, 울지 마." 리라가 두 손을 입술 가까이 대고 소곤거린다. "우리 예쁜 리라. 이모

안 울어. 괜찮아요." 포포는 마음이 녹아내려서 강아지 어르는 소리를 낸다.

＊

산책은 즐겁다. 오늘의 산책 장소는 남산식물원이다. 도심 속에 있는 작은 언덕 공원. 멀리 반대편으로는 남산 타워도 보인다. 포포가 스크린 윈도우 설정을 5단계로 올리자 방에 남산식물원의 영상이 덧씌워진다. 포포의 몸은 여전히 방 안에 있지만, 스크린 윈도우 5단계가 제공하는 3차원 시뮬레이션 영상과 매우 입체적인 사운드가 마치 남산식물원으로 순간 이동을 한 것 같은 착각을 불러일으킨다. 설정을 5단계로 해두면 데이터가 너무 빨리 닳아서 산책을 그리 오래 할 수는 없다. 무제한 데이터 요금제를 쓰고 싶은 마음이 굴뚝같지만 지금 버는 돈으로는 역시 무리다.

"이놈의 벌레들!"

언니가 눈앞에 팔랑거리는 검은 벌레들을 손으로 쫓으며 짜증을 낸다.

"요즘 벌레 지워주는 필터도 있다던데."

포포가 꿍꿍이를 가지고 슬쩍 말한다. 있으면 너무 좋지만 없어도 사는 그런 것들은 포포의 수입으로는 살 수가 없다. 언니는 포포보다 수입이 훨씬 많아서 스크린 윈도우에 쓰는 필터 정도는 초콜릿을 사듯 살 수 있다.

170

"그래? 다음에는 네가 그것 좀 구해서 깔아놔. 산책할 때마다 보기 싫어죽겠어."

"있으면 좋을 것 같긴 한데, 좀 비싸."

"내 카드로 해. 결혼식 때 필요한 건 다 샀어? 이사 준비는 됐고? 돈 모자라면 얘기해. 내가 빌려줄게."

언니가 자기 지갑을 통째로 던져줄 기세로 말한다. 포포는 어느 때보다 이런 순간에 언니가 든든하게 느껴진다. 그렇다고 뻔뻔하게 손을 자주 벌리는 것은 아니지만. 포포는 집 월세도 못 내고 당장 내일 밥값이 걱정될 지경일 때만 언니에게 돈을 빌렸다. 인형 상점을 시작했던 초기에는 그런 일이 자주 있었다. 포포는 그때 빌렸던 돈을 아직 갚지 못했다. 언니는 원래 받을 생각이 없었던 것처럼 그때 일에 관해서는 입도 벙긋하지 않는다. 포포의 마음에는 그 시절에 언니에게 진 빚이 무겁게 남아 있다. 하지만 그런데도 가끔 언니의 돈으로 작은 사치를 하는 재미를 놓지는 못한다.

"됐어. 그냥 둘이서 서류에 서명하는 게 다인 데 뭐. 돈 들어갈 것도 없어."

"들어갈 집은 마음에 들어?"

"가서 봐야 알겠지만 괜찮은 것 같아."

포포는 아직 이사할 집에 가보지 못했다. 무이가 먼저 들어가지 않았으면 텅 빈 집에서 결혼 생활을 시작했을 것이다. 지금 집에서는 작업에 쓰는 도구들과 추억이 담긴 물건들만 가져가기로 했다.

벌레 폭풍

"집은 2인용으로 구했다고 했지? 집 옮기고 나면 작업은 어디서 하게?"

"그 집에서 해야지. 지금도 집에서 했으니까. 공간이 그렇게 많이 필요한 건 아니라 괜찮아. 충분해."

포포와 언니가 이야기를 나누는 동안 리라는 시냇물에 한눈이 팔렸다. 아예 한곳에 쪼그려 앉아서 귀를 대고 있는데 물 흐르는 소리가 신기한 모양이다.

"리라야, 거기 가만히 안 있어도 소리 들려."

언니가 말려도 리라는 꿈쩍도 하지 않는다. 바로 그 자리에서만 물소리가 들린다고 믿는 모양이다. 할 수 없이 포포와 언니는 잠시 거기 서 있는다.

"난 결혼하면 한집에 살고 싶을 것 같은데. 2인용 집에서 살면 결혼해도 별로 다를 게 없지 않아?"

언니는 이해를 못 하겠다는 눈빛이다. 포포는 지금 집에서 산 지 거의 10년 만에 이사를 결심했다. 확실하게 말하자면 오래 망설이던 결혼을 해보자는 결심이 섰다. 2인용 집을 다룬 기사를 본 것이 계기였다. 요새 유행하는 집스타일을 다룬 기사에서 2인용 집을 봤을 때 바로 이거라는 느낌이 왔다. 기사 속 영상에서 2인용 집은 언뜻 직사각형 형태로 단순하게 지은 단독주택처럼 보였다. 하지만 기사를 읽고 다시 보니 그 건물은 똑같은 모양의 두 집이 맞붙은 것이었다.

그 기사를 본 후 흥미가 생겨서 매물로 나온 2인용 집들을 둘러봤는데, 최근 몇 년 사이에 지어진 집들은 구조가 거의 비슷했다. 곁에서 보면 하나의 집처럼 생겼는데 안으로 들어가 보면 두 공간이 벽으로 확실하게 구분되어 있다. 평소에는 따로 사는 것처럼 완벽히 분리된 채 살 수 있지만, 두 공간 사이의 벽에 문이 하나 있어서 쉽게 오갈 수도 있다.

따로 살면서도 함께 살 수 있는 집. 완벽하게 포포가 바라던 이상적인 형태였다. 2인용 집은 유행을 타고 기획형으로 많이 지어져서 매물도 많고 월세도 저렴한 편이었다. 문이 있긴 하지만 일반 현관문과 똑같이 공간 주인의 허락이 있어야 들어갈 수 있는 점도 마음에 들었다. "이런 집 어때?" 포포는 적당한 집 하나를 골라서 무이에게 공유했다. "이 정도면 같이 살 만하지 않을까?" 메시지를 한 번 더 보내자 답이 왔다. "이거 프러포즈야?"

무이는 둘이 사귄 지 얼마 안 됐을 때부터 포포와 결혼하고 싶다는 말을 했다. 포포는 무이가 그런 말을 할 때마다 자신과 평생을 보내고 싶어 하는 사람이 생겼다는 것이 뿌듯하고 기쁘면서도 한편으로는 부담스러웠다. 올해로 마흔 살이 된 포포는 20년 동안이나 혼자 살아왔다. 성인이 되기 전, 가족들과 함께 살 때도 대부분의 시간을 자신의 방 안에서만 보냈으니 실제로는 30년이 넘게 혼자 산 것이나 다름없다. 이제 와서 다른 사람과 삶을 함께할 수 있을까?

그러나 무이를 만난 지 7년째가 된 지금, 포포는 이미 자신이 무이와 삶을 함께하고 있다고 느낀다. 두 사람이 처음 대화를 하며 밤을 새운 후로 지금까지 둘은 매일 아침과 밤에 서로의 안부를 묻고 일상을 공유했다. 하루도 얼굴을 보지 않고 지나간 날이 없을 정도다. 포포는 죽는 날까지 무이와 함께하고 싶다. 무이도 그러고 싶어 한다. 포포와 무이는 두 사람이 노인이 됐을 때 하루를 어떻게 보낼지에 대해 종종 수다를 떤다.

무이는 스크린 윈도우를 통해 포포가 작업하는 모습을 보던 사람들 중 하나였다. 7년 전, 포포는 나무 인형을 파는 소규모 개인 상점을 시작했다. 그 전에는 사람 인형을 주문받아 만드는 곳에서 일했는데 주로 본인이나 친구, 애인, 가족 등 사랑하는 사람의 모습을 인형으로 간직하고 싶은 사람들을 고객으로 하는 작은 회사였다. 초상화를 그리는 것처럼 사람들의 모습을 조각한다는 게 매력적으로 느껴져서 충동적으로 입사 지원을 했는데 덜컥 뽑혀버렸다. 운이 좋다고 생각했지만 막상 그곳에 들어가 보니 실망스러웠다. 마지막에 이목구비를 다듬는 건 사람이 했지만 그 전 단계까지는 전부 3D프린터기가 해서 사실상 공장이나 다름없었다. 선택할 수 있는 체형도 세 가지뿐이었다. 보통, 근육질, 플러스. 사람들은 대부분 '보통'을 골랐다. 한 번에 5백 개씩 배달이 왔는데 포포가 하루에 해야 하는 양은 최소 50개였다.

회사에서는 한 사람의 얼굴을 섬세하게 만드는 것보다는 빠른 속도로 작업하는 걸 더 중요하게 여겼다. '그냥 엇비슷하게만 만들면 돼요. 어차피 고객들도 예술품을 원하는 게 아니니까. 그런 걸 원하면 더 비싼 곳에 맡겼 겠지. 아주 딴 사람 같지만 않게, 적당히 예쁘게. 내 말 무 슨 뜻인지 알죠?' 조형사들을 관리하는 팀장은 그렇게 말 했다. 몇 달 후 포포는 조형사들 중에서 작업 속도가 가장 빠른 사람이 되었지만 점점 일이 견딜 수 없어졌다.

포포가 만들고 싶은 것은 사람들이 따뜻함을 느낄 수 있는 나무 인형이었다. 집에 놓고 매일 바라보다 보면 그 안에 요정의 영혼이 담겨 있다고 생각하게 될 만큼 사랑 스러운 나무 인형. 포포는 일에 지칠 때마다 나무토막을 손에 쥐고 상상 속의 친구들을 만들었는데, 회사에서 일 한 지 2년이 좀 넘었을 때부터는 인형을 만드는 시간에 한정해서 스크린 윈도우를 전체 공개로 해놓았다. 신기하 게도 보는 사람이 점점 늘어서 나중에는 1만 명이 넘는 사람들이 그들의 스크린 윈도우를 통해 포포의 방을 봤 다. 무이는 포포가 작업하는 모습을 보는 사람이 열 명 남 짓이었을 때부터 꾸준히 그를 보러 오던 사람이었다.

포포는 자신을 보고 있는 게 어떤 사람들인지 궁금 해서 자주 오는 사람들의 스크린 윈도우를 한 번씩 들여 다봤다. 무이는 자신의 스크린 윈도우를 24시간 전체 공 개로 해놓고 있었다. 그렇게 자신의 24시간을 남에게 공 개하는 사람들이 포포는 이해되지 않았다. '왜 그렇게까지 자신을 남에게 보여주고 싶어 할까?' 포포는 그런 생각을 하면서도 무이의 삶을 엿보았다. 사실은 무이의 외모가 마음에 들었다. 그러다 무이가 손목에 '리본'을 심었다는

벌레 폭풍

걸 알게 되면서 무이에 대한 호기심이 강해졌다. 무이의 외모를 보고 짐작하긴 했지만 실제로 자신과 비슷한 사람이라는 걸 알게 되자 묘하게 기뻤다. 포포는 손으로 작업을 해야 해서 부작용이 덜한 '리본' 대신 질 안쪽에 '링'을 넣었다. 포포의 자궁에 있는 '링'은 호르몬을 조절해서 성적인 특징들을 흐릿하게 만든다. '링'은 '리본'과 같은 역할을 하지만 '리본'을 넣은 사람들은 겪지 않는 부작용인 위장장애를 일으킨다. 장치를 넣은 지 10년이 넘어서 이제 익숙해지기는 했지만 메스꺼움이 아예 사라지지는 않아서 포포는 속이 거북해지는 것을 먹지 않으려고 항상 신경 쓴다.

어느 날 무이는 포포의 작업을 보다가 인사를 남겼고, 포포는 이때다 싶어서 답장을 했다. 둘은 그날 저녁부터 새벽까지 여덟 시간이나 대화를 나눴다. 다음 날 일을 해야 해서 새벽 5시에 억지로 헤어지고 나서 포포는 스크린 윈도우를 무이에게만 공개로 해놓고 침대에 누웠다. 무이를 사랑하게 될 것 같다는 예감이 들어서 가슴이 두근거렸다. 아니, 그때 포포는 이미 무이와 사랑에 빠졌다.

"침대는 하나야, 둘이야?"

언니가 왼손 손가락 하나와 오른손 손가락 두 개를 들고 묻는다. 리라는 그새 시냇물 소리에 흥미를 잃고 나비를 따라간다. 포포는 리라의 뒷모습과 풍경 한쪽에 뜬 지도에 나타난 리라의 위치를 동시에 보면서 리라가 너무 멀어지지 않는지 살핀다. 가상 산책이라 아이를 잃어

버릴 염려는 없지만 그래도 돌발 상황이 생길까 봐 걱정스럽다. 아이들은 눈 깜짝할 사이에 생각하지도 못한 사고를 치고는 하니까.

"언니, 리라가 듣겠어!"

포포는 부끄럽지도 않으면서 괜히 너스레를 떤다. 이럴 때는 편하게 수다를 떨 자매가 있다는 게 참 좋다.

"아니, 기본적인 질문이잖아. 내가 뭐 둘이 섹스하냐고 물어봤어? 그냥 집에 침대가 몇 개인지 궁금하다고."

"내 집에 하나, 무이 집에 하나. 두 개. 됐어?"

"난 이해가 안 된다, 동생아. 나라면 싱글 침대를 사서 둘이 꼭 붙어 잘 텐데."

"아이고, 애도 혼자 낳은 사람이 무슨 소리야."

"애만 혼자 낳은 거지 다른 건 둘이서 잘하거든?"

"뭐야? 만나는 사람 생겼어?"

"만나는 사람은 언제나 있지."

"조심해. 언니는 걱정도 안 돼? 리라도 있잖아."

"넌 하여튼 그쪽으로는 너무 예민해. 사람을 만지면 무조건 병에 걸릴 거라는 건 지나친 생각이야. 나도 나름대로 조심하고 있어."

"안전한 거 맞지?"

"야, 이포포! 작작 좀 해."

언니는 단독 난자를 가지고 태아를 배양하는 방식으로 리라를 얻었다. 언니가 첨단 기술이라면 뭐든 경험해 보고 싶어 하는 모험가인 건 알았지만, 그렇게 혼자 아이를 낳고 기르기까지 할 줄은 몰랐다. 그러고 보니 무이나 리라만큼이나 언니도 포포를 놀라게 한다. 횟수로만 따지자면 포포의 인생에서 그를 가장 많이 놀라게 한 사람은 언니. 리라는 세계에서 마흔일곱번째로 태어난 '아버지 없는 아이'다. 포포는 그 말의 어감이 마음에 안 든다. '하나의 어머니를 가진 아이'라고 부르자는 사람들도 있는데, 포포도 그게 더 나은 것 같긴 하지만 썩 좋은 것 같지도 않다. 역시 가능하다면 아무 수식어도 없는 편이 낫지 않을까?

"어머, 벌써 시간이 이렇게 됐네. 나 출근 찍어야 돼."

리라! 리라! 언니가 딸을 부른다. 포포는 리라가 시야 안에 없다는 걸 깨닫고 가슴이 덜컥 내려앉는다. 대화에 빠져서 리라를 잠시 잊고 있었다. 성격 급한 언니가 지도상에 뜬 리라의 위치를 보고 그쪽으로 간다. "언제 저기까지 갔대?" 언니는 금방 숨이 차서 헉헉거린다. 포포도 언니 뒤를 쫓는다. 리라는 길을 벗어나 나무들이 우거진 곳으로 들어갔다.

"리라, 이제 그만 가야지!"

언니가 리라를 재촉하며 나무들 사이로 들어가다가 멈칫한다. 뭘까? 몇 발자국 들어가자 포포에게도 언니를 놀라게 한 것이 보인다. 말벌모기들이 나무들을 새까맣게 뒤덮었다. 리라는 겁에 질려 있다가 엄마와 이모를 보고 울음을 터뜨린다.

"엄마, 벌레들이 나무를 잡아먹고 있어."

진짜 바깥이었으면 어떡할 뻔했을까. 간담이 서늘하다. 언니는 얼른 리라를 안아 올리고 품에 껴안는다. "괜찮아, 리라. 저 벌레들은 진짜가 아니라 가짜야. 가짜여서 리라한테 절대 못 와." 리라는 아직 현실과 가상을 구분하지 못한다.

"나 먼저 나갈게. 애가 너무 놀라서."

포포는 얼른 그러라고 고개를 끄덕인다. 언니와 리라가 사라지고 포포는 나무들 사이에 혼자 남는다. 바닥에 죽은 벌레들이 수북하다. 말벌모기도 있고 다른 벌레도 있다. '끔찍해!' 그런 광경을 더 보고 싶지 않아서 포포도 산책을 끝낸다. 가상 산책은 실제 지금 시간의 그 장소를 그대로 보여준다. 공원이 벌레들로 뒤덮이다니. 벌레들이 나무를 뒤덮는 건 폭풍의 조짐 중 하나다. 나뭇잎으로 배를 채운 벌레들은 힘을 모아서 커다란 무리를 이루고 바람이 불면 대륙 이동을 시작할 것이다. 말벌모기들이 왜 대륙 이동을 하는지 그 이유는 아직 밝혀지지 않았다. 이동을 하는 패턴도 불규칙적이다.

스크린 윈도우의 설정을 5단계에서 3단계로 바꾸자 언니의 집 안이 보인다. 언니는 구석에서 업무용 스크린을 보고 있고, 리라는 울음을 멈추고 둥근 플라스틱 볼 안에서 돌보미 선생님에게 열중해 있다. 출퇴근 체크를 하다니. 정말 구식이라니까. 기술만 첨단이면 뭐해. 포포는 속으로 언니가 다니는 회사를 욕한다. 언니는 도시락 용기에 쓰이는 친환경 소재를 개발하는 연구원이다. 언니와

벌레 폭풍

179

언니가 다니는 회사는 어떤 면에서는 첨단이면서 어떤 부분은 구식인 게 비슷하다. 언니는 사람과 사람의 피부가 맞닿는 것이 진짜 사랑이라고 생각한다. 포포처럼 '접촉 혐오'가 있는 젊은 애들이 이해가 통 안 간다고 혀를 차는 구식 인간이다. "탈학교가 사람들을 다 버려놨다니까." 언니가 투덜거리면 포포는 그냥 못 들은 척한다.

*

포포가 초등학교 2학년이던 해 6월에 무시무시한 규모의 벌레 떼가 세계의 하늘을 뒤덮었다. 매년 검은가시모기의 개체 수가 급증하면서 각국의 골칫거리가 된 지 오래였지만 그해 여름에 나타난 벌레 떼는 사상 최악의 규모였다.

검은가시모기는 얼핏 보면 말벌처럼 보일 정도로 커서 말벌모기라고도 불렸다. 운 나쁘게 말벌모기에게 물리면 물린 자리가 곧바로 빨갛게 부풀어 올랐다. 열흘에서 한 달 정도의 잠복기를 거친 후에는 심한 고열이 나면서 의식을 잃어 사람이 하루아침에 죽기도 했다. 그해에 검은가시모기 떼가 도시와 촌을 가리지 않고 몰려들면서 말벌모기독감이 순식간에 무서운 속도로 퍼졌다. 정부는 국가 재난 사태를 선포했고, 부모들은 아이들을 학교에 보내지 않았다.

이미 사립학교들은 대부분 백 퍼센트 온라인 수업을

180

하고 있었지만 공립학교는 아직 오프라인 수업을 고집하던 때였다. 포포는 사립학교에 다니는 애들이 부러웠다. 학교는 정글 같았다. 예절을 모르는 원숭이 같은 아이들이 종일 시끄럽게 꽥꽥거리고 선생님들은 무서운 호랑이 같았다. 의자는 고문 기구처럼 너무 딱딱하고 불편해서 어떻게 앉아도 몸이 배배 꼬였다. 말을 안 듣는 몇몇 애 때문에 다 같이 혼나는 것도 싫었다.

교실은 딱딱한 규율과 소란스러운 무질서가 공존하는 곳이었다. 포포는 아침마다 현관에 서서 열이 나는 것 같다며 꾀병을 부렸지만 엄마는 포포가 진짜로 열이 나는 날에도 학교에 보냈다. 초등학교 2학년 1학기 말에 학교가 예정보다 한 달이나 일찍 방학에 들어가고 개학이 조금씩 늦춰지다 결국 다음 해부터 아예 전면적인 온라인 수업을 하기로 결정됐을 때 포포는 기뻐서 방방 뛰었다. "언니, 이제 정말 학교 안 가도 되는 거야? 영원히?"

중학생이었던 언니는 한심하다는 얼굴로 포포를 봤다. "그렇게 좋니? 난 답답해죽겠는데. 우린 이제 감옥에 갇힌 수감자나 다름없어." 포포는 언니가 뱉은 '수감자'라는 단어가 매력적으로 느껴졌다. 말벌모기독감 유행이 길어지면서 가족 간 감염을 막기 위해 집 안에서도 동그란 어항처럼 생긴 플라스틱 헬멧을 쓰고 지내야 했는데, 포포는 그게 수감자가 받는 벌이라고 상상하는 걸 좋아했다.

엄마나 아빠가 방 앞에 밥이 담긴 식판을 놓아주는

벌레 폭풍

건 '배식'이고, 다른 가족들이 불러서 문을 빠끔히 열고 얼굴을 보며 대화하는 건 '면회'였다. 면회는 사전 신청을 해야만 했고(포포는 면회 신청서를 만들었다. 〈면회 신청서〉 신청자 이름/연락처/수감자와의 관계), 시간제한도 지켜야 했다. 다른 가족들은 포포가 하여튼 특이한 애라고 말하면서 포포가 정한 규칙들에 콧방귀만 뀌었지만 포포는 자신이 만든 놀이에 푹 빠졌다. 하지만 그건 말 그대로 놀이였을 뿐이다. 포포는 공상을 많이 하는 편이긴 했지만 현실감각을 아주 잃지는 않았다. 아마 현실이 어떤 것인지 가르쳐주기 좋아하는 언니 덕분이었을 것이다.

말벌모기독감의 유행은 3년이나 갔다. 그 사이에 포포의 부모가 운영하던 미용실은 문을 닫았다. 엄마와 아빠는 집마다 출장을 다니며 고객들의 머리를 손질했지만 다른 사람을 지극히 경계하는 분위기여서 장사가 쉽지 않았다. 네 가족이 입에 풀칠하기도 어려워지자 엄마는 점점 기운을 잃고 신경이 날카로워졌다. 어릴 때부터 줄곧 남의 가게에서 일하며 서러움을 많이 겪은 엄마는 자신의 가게를 갖는 것이 평생 꿈이었다. 엄마는 포포가 초등학교에 들어간 해에 꿈을 이뤘다. 대출을 좀 받기는 했지만 자신과 남편 둘 다 실력도 있고 충성스러운 고객들도 있어서 열심히 일하기만 하면 10년 안에 가게를 완전히 소유할 수 있을 것이라는 자신감이 있었다. 하지만 말벌모기독감이 미용실을 빼앗아 갔다. 어느 날 엄마는 가족들에게 북극으로 가서 환경운동을 할 거라고 통보했고, 바로 다음 날 집을 떠났다. 그 뒤로 엄마는 가끔씩 가족들에게 영상 통화를 걸기는 했지만 집에 돌아오지는 않았다.

그때부터 언니는 포포에게 엄마 역할을 해주려고 애썼다. 포포는 언니를 돕기 위해 사춘기를 쥐 죽은 듯 보냈다. 마침내 스무 살이 되어 집을 나와 독립했을 때 포포는 잊고 있던 어린 시절의 놀이를 떠올렸다. 당신은 오랫동안 모범적인 수감 생활을 했기에 사면되었습니다. 축하합니다.

20년이 흐른 지금, 포포는 결혼을 앞두고 있다. 포포는 첫번째 가족을 사랑하긴 하지만(심지어 엄마조차도 사랑한다) 그 안에서 행복을 찾지는 못했다. 두번째 가족과는 행복할 수 있을까? 무이가 나 때문에 불행해지면 어떡하지? 내가 무이 때문에 죽고 싶을 정도로 외로워지거나.

포포는 엄마에 대한 원망으로 가득 찬 유년 시절을 보냈다. 엄마와 날 선 말들을 주고받고 소리를 지르면서 서로 평생 사라지지 않을 마음의 상처를 남겼다. 가끔 포포는 자신이 엄마를 상처 주기 위해 태어난 사람처럼 느껴졌다. 엄마를 관찰해서 나쁜 점들을 찾고 비난해서 절망에 빠뜨리기 위해 말이다. 포포는 자신을 버리고 간 엄마를 벌주고 싶었다. 복수를 원했다.

포포는 무이와 냉랭한 관계가 될까 봐 두렵다. 첫번째 가족 사이에 있었던 나쁜 일들이 반복될까 봐. 포포에게 가족이란 세상에서 유일하게 자신을 위해주는 따뜻하고 힘이 되는 사람들인 동시에 삶을 외롭게 하는 타인들이다. 가족들조차 타인이니 누군들 그러지 않겠는가. 무이는 포포의 삶에 온기를 불어넣었다. 결혼한 뒤에도 그 불씨가 꺼지지 않을 수 있을까? 걱정이 꼬리에 꼬리를 문다.

포포는 도망치지 않기 위해 마음을 다잡는다. 잡생각이 끊이지 않을 때는 손을 움직이는 게 제일이다. 포포는 스크린 윈도우를 '모두에게 비공개'로 설정하고 벽에서 등을 돌린 채 작업에 집중한다. 때로는 바깥과 자신의 연결을 끊고 완전히 혼자가 되는 게 도움이 될 때가 있다. 막막한 외로움에서 헤어날 수 있게. 내면에 집중하면 혼자라는 사실이 외롭기보다는 편하게 느껴진다.

＊

이틀 뒤, 포포는 나무를 구할 겸 숲으로 갔다. 생선을 사는 것처럼 어떤 나무가 마음에 든다고 그걸 가져갈 수 있는 것은 아니지만, 그래도 어떤 나무를 보고 마음에 든다고 그 숲을 관리하는 목재상에게 말을 해두면 결국에는 비슷한 것을 구할 수 있다. 목재들을 만져볼 수 있다면 좋을 텐데. 아직 촉감을 구현하는 기술은 나오지 않았다는 게 아쉽다. 포포가 숲에 들어갔을 때는 오전 10시였다. 이틀 전과 달리 하늘에는 구름이 껴서 대기가 우중충했다. 그래도 햇빛 한 줄기가 나뭇잎 사이를 뚫고 바닥까지 닿기는 했다. 빽빽하게 우거진 나무 사이로 난 오솔길을 걷는데 앞쪽에서 새소리가 들렸다. 포포는 걸음을 멈추고 눈으로 새를 찾았다. 새들에게 포포는 보이지 않고 발소리가 들리지도 않는다. 그래서 새들은 도망가지 않았다. 가상 산책의 멋진 점이다. 포포는 즐겁게 새들을 관찰하다가(그 새들은 무척이나 예쁜 오목눈이들이었다) 심상치 않은 움직임을 느끼고 하늘을 바라보았다. 멀리서 검은 벌레 떼가 넘실거리는 것이 보였다. 폭풍이 몰려오고 있었다. '구름이 아니라 벌레 떼 때문에 숲이 어두운 거였구나. 예보에서는 이틀 뒤에나 온다고 했는데.' 숲이 벌레 떼의 그림자로 어둡다는 걸 알게 되니 불안으로 가슴이 울렁거렸다. 포포는 얼른 산책 모드를 끄고 숲에서 나와 짐을 싸기 시작했다.

∗

무인 택시를 부른 지 20분이 지났다. 원래는 부르기만 하면 10분 안에 집 앞으로 오는 게 보통인데. 택시 위치가 몇 분째 한자리에 멈춰 있다. 도로 정체일까? 지금 택시가 서 있는 길을 직접 볼까 해서 위성 지도를 켜려는데 차가 움직인다. 문제에서 빠져나온 모양이다. 스크린 윈도우가 캐리어에 들어 있어서 바깥을 볼 수 없는 게 답답하다. 포포는 무이와 마지막으로 인사를 나누고 스크린 윈도우를 벽에서 떼서 차곡차곡 접은 다음 캐리어에 넣었다. "조심히 와, 내 사랑. 보고 싶어." 스크린 윈도우를 끄기 전에 무이가 했던 말이 귓가에 맴돈다.

손목시계에 택시가 도착했다는 알림이 뜬다. '바깥에 말벌모기들이 있으면 어떡하지?' 막상 현관문을 열려니 겁이 난다. 헬멧도 썼고 피부가 드러나는 곳이 없도록 보호 장갑과 장화도 챙겼지만 그래도 만에 하나 벌레가 달려들어서 옷 속을 비집고 들어올까 봐 겁이 난다. 말벌모기들이 말 그대로 구름 떼처럼 몰려와서 벌써 하늘 위에 진을 치고 있으면? 문을 열고 거리로 나가자마자 벌레 떼가 달려들어 전신이 휩싸일 수도 있다.

알림이 다시 울린다. 5분 안에 나가지 않으면 택시는 떠날 것이다. 이번에 택시를 놓치면 다른 택시를 또 불러야 하는데 그러면 또 얼마나 오래 걸릴지 알 수 없다. 게다가 비행기 탑승 시간도 빠듯하다. 4일 뒤로 예약해놓았던 항공권을 오늘 것으로 바꾸느라 이미 적지 않은 돈을 손해 봤다. '그렇게 바꾼 비행기를 택시 때문에 놓치면 정말 멍청이지.' 포포는 비행기를 놓쳐서 잃을 비용을 생각하며 눈을 질끈 감고 현관문을 연다. 상상과는 달리 말벌모기들은 그에게 별로 관심이 없다. 상공을 떼 지어 날아다니는 벌레 무리들이 있긴 하지만 포포에게 한꺼번에 달려들지는 않는다. 하늘도 불길한 기운은 있지만 새까맣게 뒤덮이지는 않았다. 말벌모기 두세 마리가 뒤늦게 관심을 보이며 길에 나타난 인간 하나를 집적대려고 다가오지만 그땐 이미 포포가 택시에 타서 문을 쾅 닫은 뒤다. 말벌모기가 느려서 다행이다. 말벌모기들이 빠르기까지 했다면 인류는 정말 위험에 빠졌을지도 모른다.

∗

가는 길은 꽉 막혔다. 시내 도로는 꽉 막혔다. 택시에 붙은 스크린 윈도우로 도로 상황을 확인해보니 앞쪽에 말벌모기 떼 때문에 사고가 난 차가 있는 모양이었다. 두꺼운 보호 장갑을 낀 손에서 진땀이 난다. 장갑을 벗어버리고 싶지만 마음을 놓을 수가 없다. 방금도 말벌모기 무리 하나가 택시 앞 유리로 돌진했다. 말벌모기들은 유리에 부딪혀 뒤로 튕겨져 나갔지만 몇 번이나 더 도전했다. 그중 몇 마리는 뇌진탕이라도 일으킨 것인지 범퍼에 떨어졌다. 다른 차들도 사정이 마찬가지라 앞뒤 범퍼가 벌레 사체들로 범벅이 됐다.

몇 분 사이에 벌레 폭풍이 거세져서 이제 말벌모기 떼가 쉴 새 없이 유리창에 부딪힌다. 세상이 새까맣다. 차들은 벌레들을 떨치려고 더 속력을 내어서 달린다. 와이퍼가 움직이면서 벌레들을 밀어낸다. 하늘을 보니 말이 안 나온다. 벌레들이 먹구름이 몰려들 듯 다가오고 있었다.

∗

가까스로 탑승 시간을 맞췄다. 포포는 타고 온 택시를 전용 반납 코너에 세워두고 서둘러 탑승구로 달렸다. 하지만 탑승구 분위기가 이상했다. 사람들은 탑승구 앞에 줄을 서는 대신 의자에 앉아 있었다. 의자가 모자라서 바

벌레 폭풍

닥에 앉은 사람들도 있었다. 포포는 탑승구 위에 붙은 안
내판을 봤다.

〈벌레 폭풍으로 인해 해당 항공편은 결항되었습니다.〉

포포는 다음 항공편을 물어보려고 승무원을 둘러싼
사람들 무리에 합류했다.

"이렇게 대책 없이 그냥 비행기가 안 뜨면 어떻게 하
라는 거야! 당신들, 내가 손해배상 청구할 거야."

정장을 입은 남자가 얼굴이 붉게 달아올라서 승무원
에게 거칠게 항의했다. 승무원은 약간 난처한 듯했지만
차분하게 설명했다.

"저희도 당황스럽습니다. 벌레 폭풍이 애초에 예상했
던 것보다 훨씬 심하게 와서 도저히 비행할 수 있는 상황
이 아닙니다. 스크린 윈도우에서 저희 항공사로 접속하시
면 환불을 도와드릴 겁니다."

"다음 비행기는 언제쯤 탈 수 있을까요?"

세련된 차림새에 머리를 짧게 친 중년 여자가 점잖
게 물었다.

"원래는 이런 경우에 네 시간 내에 다음 항공편이 생
기면 대체 항공권을 제공해드립니다. 그런데 예보에 따르
면 벌레 폭풍이 2, 3일은 갈 것 같다고 해서 저희도 다음
항공편을 장담할 수가 없는 상황입니다."

그 대답을 듣고 포포는 물러났다. 얼마 후에 승무원
들이 안내 방송을 했다. 포포가 이미 들은 내용이었다. 대
체 항공권을 받을 사람은 일단 탑승구 앞에서 대기를 부

탁한다고 했다. 떠날 사람들은 떠나고, 기다릴 사람들은 남았다. 포포는 기다리는 사람들 속에 남았다.

*

결국 네 시간이 지난 후에도 새로운 항공편은 마련되지 않았다. 포포는 고민하다가 공항에서 좀더 기다려보기로 했다. 일단 탑승구 앞에서 밤을 새우고 내일 오후까지 비행기가 하나도 없으면 그때 가서 다시 생각해볼 요량이었다. 포포처럼 항공편을 기다리는 사람들이 꽤 있었다. 승무원들은 기약 없이 기다리고 있는 승객들에게 식사권과 담요를 나눠 줬다.

탑승구가 너무 환해서 포포는 어둑한 곳을 찾아 공항을 헤맸다. 다른 곳들보다 어둑한 탑승구가 한 곳 있었다. 구석진 곳이라 그런지 사람도 별로 없었다. 포포는 그곳 의자에 자리를 잡고 길게 누웠다. 캐리어를 부치지 않아서 다행이었다. 캐리어 안에는 포포의 전 재산이 들어 있다. 돈이야 가상 계좌에 들어 있지만.

아끼는 나무 인형들, 오래 써서 손에 익은 조각칼들. 포포가 가진 것 중 가장 비싼 물건인 스크린 윈도우와 옷가지. 무이가 줬던 작은 선물들도 캐리어에 들었다.

어둑한 공항에서 얇은 담요를 덮고 혼자 의자에 누워 있으니 무이와 처음 밤을 새우며 통화했던 날이 생각났다. 둘이 처음 말을 튼 그날 밤 무이는 포포에게 물었다.

"이름을 왜 버블껌이라고 지은 거예요?"

버블껌은 포포가 온라인에서 쓰는 이름이었다.

"너무 유치하죠? 세 살 때 지은 이름이라 그래요. 그때 제가 제일 좋아하는 게 풍선껌이었거든요. 본명하고도 상관있어요."

"본명 궁금하다. 알려줄 수 있어요?"

"포포예요. 이포포. 가명 같은데 진짜로 태어났을 때 부모님이 지어주신 이름이에요. 원래는 태명이었는데 입에 너무 붙어서 그대로 쓰기로 했대요."

"포포? 무슨 뜻이에요?"

"한자 이름인데, '감쌀 포' 자를 두 번 써요. 감싼다는 뜻이래요. 포용한다고 할 때의 '포'이기도 하고."

"포용하는 사람이라는 거구나. 그래서 그렇게 따뜻한 걸 만드시나 보다."

"아뇨. 전 그렇게 따뜻한 사람은 아니에요. 싸고 또 싸는 건 꽁꽁 매는 거잖아요. 그래서 그런지 좀 답답한 성격이에요. 꽉 막힌 데가 있어요. 어릴 때는 '포'가 거품이라는 뜻인 줄 알았어요. 언니가 그렇게 가르쳐줬거든요. 그래서 중의적인 의미로 버블껌이라는 이름을 썼던 거예요. 무이는요? 왜 무이예요?"

"그게 제 본명이에요. 저도 좀 고지식한 데가 있거든요. 우리 비슷한 점이 많은 것 같지 않아요?"

사실 두 사람은 비슷한 점보다는 다른 점이 훨씬 많았지만 어쨌든 같이 있으면 무척이나 즐거웠다. 무이를 만난 후로 포포는 시간이 쏜살같다는 말의 의미를 곱씹게 됐다. 무이를 만나기 전에는 하루하루가 너무 천천히 흘렀다. 사는 게 지겨웠다. 그런데 무이가 삶에 들어오자 갑자기 꾸물꾸물 기어가던 시간이 일어나 달리기 시작했다. 지난 7년은 활시위에서 날아간 화살처럼 순식간에 지나갔다. 설레서 뒤척였던 그 첫날의 밤이 어제 같기만 한데.

무이를 만난 후, 포포는 회사를 관두고 자신의 나무 인형을 판매하는 소규모 개인 상점을 열었다. 둘이 사귀기 시작했을 때 무이는 막 대학에서 나와 교육자 그룹에 들어가 자리를 잡으려 애쓰고 있었다. 포포는 안정적인 자리를 포기하고 새로운 모험에 뛰어든 무이의 용기가 멋있어 보였다. 무이를 보며 포포는 수입 때문에 억지로 하고 있는 일을 포기할 용기를 얻었다.

상점을 열었던 초기 2년 동안은 수입이 거의 없어서 회사에 다니는 동안 조금 모아뒀던 돈을 다 쓰고 나중에는 언니에게 월세는 물론이고 생활비까지 빌려야 했지만 가장 힘든 시기가 지나자 해마다 주문이 늘었다. 지금 포포는 회사에 다닐 때보다 두세 배의 돈을 번다. 워낙 연봉이 짠 회사였기 때문에 지금 버는 것도 많은 돈이라고는 할 수 없지만, 포포의 삶은 회사를 다닐 때보다 훨씬 나아졌다. 더 이상 무의미하다고 생각되는 일에 하루를 쓰지 않는 것만으로도 행복하다. 무이를 만나지 않았다면 그럴 용기를 내지 못했을 것이다. 무이는 포포의 삶을 변화시켰다. 그게 지금 포포가 불편한 의자에서 떨어지지 않으려고 애를 쓰며 혼자 공항에서 밤을 보내는 이유였다.

*

새벽녘에 유리 벽을 요란하게 두드리는 소리가 들렸다. 포포는 잠결에 그 소리를 듣고 잠에서 깼다. '벌레들이 유리창에 부딪히는 걸까?' 눈을 뜨고 밖을 보기가 무서웠다. 포포는 현실을 외면하고 다시 잠들고 싶었지만 유리 벽을 두드리는 소리가 너무 컸다. '이러다 벌레가 유리창을 깨기라도 하면 어떡해. 이러지 말고 사람들하고 안전한 곳을 찾아서 들어가 있자.' 포포는 단단히 결심을 하고 눈을 떴다. 깊은 새벽이라 공항 안은 횅했다. 지나가는 거라고는 무인 청소기뿐이었다. 개항 백 주년을 앞둔 인천공항은 낡고 오래된 분위기가 물씬 풍겼다. 포포는 새벽 시간과 오래된 공항이 주는 쓸쓸한 느낌에 몸을 떨며 담요를 어깨에 두르고 유리 벽으로 다가섰다. 어슴푸레한 어둠 속에서 뭔가가 쉴 새 없이 유리 벽에 날아와 부딪히는 것이 보였다. 그것은 벌레가 아니었다. 분명 아니었다. 공항의 유리 벽을 거세게 두드리는 것은 빗방울들이었다. 바깥의 나무들이 마구 흔들리는 것이 보였다. 바람도 심한 듯했다.

벌레 폭풍이 유리 벽을 부수려고 돌진하고 있는 게 아니라는 걸 알게 되니 긴장이 풀리면서 출출해졌다. 따뜻한 커피 한잔이 절실했다. 포포는 캐리어를 끌고 공항

복도를 걸었다. 공항 안에 24시간 운영하는 카페가 있었다. 포포는 커피와 샌드위치를 시켜놓고 카페 테이블에 앉아 한 시간쯤을 때웠다. 공항의 밝은 조명은 사람을 피로하게 했다. 나른해진 포포는 원래 자던 곳으로 돌아갔다. 잠시 전에 포포가 잠을 자던 의자에는 다른 사람이 누워 있었다. 포포는 그 자리가 가장 좋았지만 할 수 없이 그 근처에 자리를 잡았다. 막 잠이 들려는데 보안 직원 유니폼을 입은 덩치 큰 남자가 와서 포포의 어깨를 손가락으로 두드렸다. '여기서 자면 안 되는 거였나?' 포포는 공항에서 밤을 새워본 적이 없었다. 포포는 겁이 났지만 알고 보니 그는 그저 더 좋은 자리를 알려주려는 것이었다. 지금 그 자리는 너무 춥다면서. 그는 더 어둡고 더 따뜻한 자리로 포포를 데려간 뒤에 곧바로 다른 데로 갔다. 포포는 그가 알려준 그 자리에서 담요를 두르고 잠이 들었다.

*

다시 잠에서 깬 것은 아침 7시가 넘어서였다. 햇빛이 공항 안을 채웠다. 포포는 상황을 알아보려고 처음 갔던 탑승구로 갔다. 사람들이 탑승구 앞에 줄을 서 있었다. 결항되었던 항공편이 운행을 재개한다는 안내 방송도 나왔다. 포포는 줄을 서서 기다리다가 자기 차례가 되었을 때 승무원에게 물었다.

"타도 되는 건가요?"

벌레 폭풍 193

포포는 원래 예매했던 표를 보여주었다. 어제 결항됐던 항공편이 적힌 것이었다. 승무원은 그 표를 대체 항공권으로 바꿔주었다. 지금 사람들이 탑승하는 7시 40분 출발 비행기에 빈자리가 있어서 타도 된다고 했다.

"벌레 폭풍이 끝난 거예요?"

"네, 벌레 폭풍 대신 다른 폭풍이 왔어요. 진짜 폭풍이요. 간밤에 꽤 요란했는데 못 들으셨나요?"

"비바람이 부는 건 봤는데 그게 폭풍인지는 몰랐네요."

"바람이 무섭게 불었어요. 그 덕에 벌레들이 다 흩어졌답니다."

뒤에 기다리는 사람들이 있어서 더 얘기할 수는 없었다. 포포는 새로 받은 표를 들고 얼떨떨하게 비행기 안으로 들어갔다.

비행기가 활주로를 지나 상공으로 떠오르자 손 안쪽에서 땀이 났다. 포포에게는 고소공포증이 약간 있었다. 비행기가 목적지에 가까워질수록 다른 공포심이 점점 커졌다. 그곳에 도착해서 모든 게 변해버리면 어쩌지. 결혼하면 다른 사람이 되는 배우자들이 있다고 하지 않나. 지금까지 무이와 잘 지낼 수 있었던 것은 스크린 윈도우를 통해서만 서로를 봤기 때문인지도 모른다. 부부가 되고 시간이 많이 흐르면 무이는 차갑고 무정한 사람이 될 수도 있다. 혹은 포포가 그렇게 되거나. 찬바람이 쌩쌩 부는 관계가 되어서 대화 한마디 없이 며칠을 보내거나, 서로에 대한 미움으로 악담을 퍼붓게 되면 어떡하지? 갑자기 행복한 결혼 생활을 꿈꿨던 것이 망상처럼 느껴졌다.

'잘 생각해. 지금이라도 되돌릴 수 있어. 공항에 내리자마자 돌아가는 비행기표를 구해서 타면 돼.' 포포는 비행기가 착륙할 때 그런 생각까지 했다. 하지만 입국 심사를 받고 밖으로 나왔을 때 포포는 무이가 너무나 보고 싶어졌다. 무이의 얼굴을 떠올리자 용기가 났다. '바보같이 굴지 말자. 무이가 날 기다리고 있어. 무이를 보러 가는 거야.' 포포가 갑자기 힘차게 걷기 시작하자 포포의 옆에서 따라오던 캐리어가 급하게 속도를 올렸다. 포포는 가여운 캐리어를 쓰다듬었다. '미안. 천천히 갈게.' 캐리어 안에는 포포가 특별히 아끼는 나무 인형들이 들어 있었다. 오랜 친구 같은 인형들이었다. 포포는 친구들이 멀미를 일으키지 않도록 조심하면서 공항에서 지하철 플랫폼으로 이어지는 통로로 들어갔다. 스무 살에 집에서 독립해서 나왔을 때 머릿속에서 울리던 말이 떠올랐다. '당신은 오랫동안 모범적인 수감 생활을 했기에 사면되었습니다. 축하합니다.'

작가 노트

소설을 구상하면서 내가 관심을 가진 건 '팬데믹 시대에도 변하지 않는 것은 무엇일까?'였다. 내가 얻은 결론은 '다른 사람과 이어지고 싶은 마음, 더 나아가 이어진 사람과 삶을 함께하고 싶은 마음'이었다. 한편, 청탁을 받았을 즈음에 내 방에 날개미가 알을 까서 한동안 방을 빼앗기는 신세가 되었는데 그 때문에 벌레들에게도 관심을 가지게 됐다. 알고 보니 올해 급증한 벌레 개체 수는 기후 변화가 원인이었고, 코로나 이후에도 우리가 겪게 될 다양한 질병과도 연관성이 깊었다. 이런 배경에서 벌레 폭풍을 뚫고 결혼하러 가는 사람의 이야기를 쓰기 시작했다.

이제는 제목도 정확한 시대도 기억나지 않지만(아마 신라 시대였던 것 같다), 고등학교 문학 시간에 달을 보며 님을 그리워하는 내용의 향가를 읽고 '저 시대에도 사람을 좋아하고 그리워하는 마음은 지금과 같았구나' 해서 감동받았던 기억이 있다. 시대가 변하고 삶의 형태가 달라져도 인간 안에 있는 사랑은 변하지 않을 것이라고 생각하며 「벌레 폭풍」을 완성했다. 하루빨리 동성혼 법제화와 생활동반자법이 자리 잡아 사랑하는 사람들이 차별 없이 이어질 수 있기를 염원하는 마음도 함께 담았다는 것을 밝혀둔다.

2020년
이종산